R. J. Gadney

Albert Einstein
Speaking

你好，
我是爱因斯坦

[英]R. J. 加德内———— 著

王涵———— 译

北京联合出版公司
Beijing United Publishing Co.,Ltd.

图书在版编目（CIP）数据

你好，我是爱因斯坦 / (英) R. J. 加德内著; 王涵译. — 北京：北京联合出版公司，2019.5

书名原文：Albert Einstein speaking

ISBN 978-7-5596-2960-9

Ⅰ. ①你… Ⅱ. ①R… ②王… Ⅲ. ①传记小说—英国—现代 Ⅳ. ①I561.45

中国版本图书馆CIP数据核字(2019)第038367号

北京市版权局著作权合同登记号：01-2019-1403

你好，我是爱因斯坦

作　　者：（英）R. J. 加德内　　　译　者：王　涵

责任编辑：龚　将　夏应鹏　　　特约编辑：陈　曦

产品经理：赵琳琳　　　　　　　　版权编辑：张　婧

- -

北京联合出版公司出版

（北京市西城区德外大街83号楼9层　　100088）

北京联合天畅文化传播公司发行

天津光之彩印刷有限公司印刷　　　新华书店经销

字数：183千字　787mm×1092mm　1/32　印张：10

2019年5月第1版　2019年5月第1次印刷

ISBN 978-7-5596-2960-9

定价：48.00元

- -

译者序

"你好，我是阿尔伯特·爱因斯坦。"

"谁？"女孩在电话里问。

1954年3月14日，一个叫咪咪·蒲福的女孩拨错了电话号码，并无意间结识了20世纪最伟大的物理学家——阿尔伯特·爱因斯坦。从此，这个女孩进入了爱因斯坦的世界，爱因斯坦的晚年生活也因这个女孩而焕发生机和活力。但这个女孩真的存在吗？大人物爱因斯坦的感情经历和家庭生活确实如小说中所描述的那样吗？

事实真相我们不得而知。或许正如爱因斯坦在书中反复提到的："虚空的虚空，凡事都是虚空。"因此，我们有时会很难区分真实和虚假。或许正因为作者不执迷于真相，他才能把关于爱因斯坦生平的史料巧妙地串联起来，以娴熟的有趣虚构，让我们更直观地感受到爱因斯坦丰富多彩的一生。

故事源于爱因斯坦七十五岁生日那天。他结束与这个女孩的通话后，继续像往常一样工作，和管家杜卡斯女士交谈，但始终好奇咪咪·蒲福的模样。现在，他已是垂暮之年了，这通电话无疑为他所剩无几的时日带来了新的希望。于是，他又追忆起往事，想到了自己在欧洲度过的青少年时期，想到了在战争中死去的家人和朋友，想到了他这一生的信仰和追求。

接下来，小说转向了从1879年3月14日爱因斯坦呱呱坠地，到1954年3月14日，直至1955年4月18日离世的全部人生历程。其中既讲述了他在学校接受的固定教育模式，也一次又一次地展现了他自幼养成的独立探究精神及其成果，尤其是他对科学事业做出的巨大贡献。除了这些耳熟能详的事迹之外，我们还会发现爱因斯坦是一个感情丰富的人，他渴望爱情，关切犹太同胞的命运，并心系人类和平事业的发展。在他的一生中，曾有过三段难忘的恋情：他和初恋女友玛丽·温特勒的情投意合、和大学同学米列娃·马里奇的伉俪之情以及和表姐埃尔莎·爱因斯坦的半生情缘。然而，对爱因斯坦来说，最重要的情感应该是他同犹太人之间牢不可破的关系。尽管他在德国曾遭遇针对犹太人的种族歧视和虐待，他还是用尽一生的时间为犹太民族的生存和发展四处奔走，为全人类的和平奋力疾呼。

此外，小说引用了大量关于爱因斯坦的书信内容、诗歌作品、演讲公告等一手资料，这些无不迸发着智慧和真理之光，让我们深深地折服。爱因斯坦坚信，一个从来不犯错误的人也尝试不到任何新事物，而创造力则是"时间被浪费掉之后的残渣"。法国物理学家亨利·庞加莱称爱因斯坦是"我见过的最具独创精神的思想家之一"；美国普林斯顿前高等研究院院长尤利乌斯·罗伯特·奥本海默（1947—1967 年）评价，爱因斯坦最突出的品质是善良和非凡的创造力。伟大的创造离不开伟大的思考，爱因斯坦无时无刻不在大脑中进行着自己的"思想实验"，甚至可以说思考才是他理解世界的唯一方式。据爱因斯坦晚年的挚友兼同事库尔特·哥德尔回忆，他听爱因斯坦说过一千次"我要想一想"。正是这颗热爱思考的大脑引发了后人无尽的思考，人们不禁问道：爱因斯坦的大脑究竟有什么独特之处呢？

迄今为止，这个谜题尚未揭晓，但这部小说为我们诠释出一个立体、饱满的人物形象。一方面，爱因斯坦的人生轨迹注定是不平凡的——他才华横溢，智商惊人，伴随他成长的重要人物如璀璨星辰般让我们仰望，而爱因斯坦则比他们站得更高、看得更远，距离上帝也更近，俨然是天之骄子；另一方面，爱因斯坦又是如你我一般的凡夫俗子，他也有生而为人的七情六欲和悲欢离合，在某种意义上似乎不再是那位遥不可及的"世纪伟人"了。

那么，这不也是一种真实吗？

献给内尔、杰戈、托比、
埃利奥特和汤姆

如果人人都能过着像我这样的生活，

那么我们就不需要小说了。

——1899 年，二十岁的阿尔伯特·爱因斯坦对妹妹玛雅这样说。

一

普林斯顿市，新泽西州
1954 年 3 月 14 日

"你好，我是阿尔伯特·爱因斯坦。"

"谁？"女孩在电话里问。

这一天是阿尔伯特七十五岁生日。清晨，在普林斯顿市莫塞尔大街（Mercer Street）一栋小公寓二楼的书桌旁，他一页页地翻着一本剪贴簿，上面带有银色压花字迹：

阿尔伯特·爱因斯坦收藏的专辑

他把西电牌黑色塑料电话贴近耳朵。

"对不起，"女孩说，"我打错电话了。"她带有波士顿上层社会的口音。

"你拨的号码是对的。"阿尔伯特说。

"是吗？先生，请问您的电话号码是多少？"

"我不知道——"

"您不知道自己的电话号码吗？您是阿尔伯特·爱因斯坦。世界上最著名的科学家怎么会不知道自己的电话号码呢？"

"永远不要记那些你能查到的东西，"阿尔伯特说，"或者，让别人帮你查会更好。"

烟草星子从他的石楠木烟斗中喷出，越过德国物理学家马克斯·玻恩（Max Born）的一封来信。阿尔伯特一挥手把它们扑灭了。

"好的，先生，"女孩说，"抱歉打扰到您了。"

"你一点也没打扰到我。你多大了？"

"十七岁。"

"我今天七十五岁了。"

"是吗？七十五岁了，真了不起。生日快乐。"

"谢谢。你给了我一个很好的生日礼物。"

"我吗？"

"你提了一个有趣的哲学问题。你拨错了号码，对你来说是错误的，对我来说却是正确的。这是一道非常有趣的谜题。你叫什么名字？"

"咪咪·蒲福（Mimi Beaufort）。"

"你是从哪里打来的？"

"从我的住处，在普林斯顿外面。"

"你说的是你的住处，那实际上你家是哪里的呢？"

"康涅狄格州费尔菲尔德县格林尼治镇。"

"那是个好地方。你会再给我打电话吗？"

"如果您真的是阿尔伯特·爱因斯坦，那么我会再打过来的。我一定会的。"

阿尔伯特拨弄着他那浓密的白胡子："在电话簿里查下我的信息。"

他不断抖动着右腿，踝骨快速起落，小腿肌肉紧绷。但他完全没有意识到自己的腿动得这么快。

＊

阿尔伯特一边抽着烟斗，一边凝视堆在桌子上和木制乐谱架上的生日贺卡和电报，毫不知晓这些是谁送的。烟斗里装满了启示录牌烟草，混合着菲利普·莫里斯和温莎王室两个牌子的味道。

有些贺电来自他熟识的人，比如贾瓦哈拉尔·尼赫鲁（Jawaharlal Nehru）、托马斯·曼（Thomas Mann）、伯特兰·罗素（Bertrand Russell）和莱纳斯·鲍林（Linus Pauling）。

他不安地坐在椅子上，扭来扭去，忍受着肝脏的疼痛。

他翻开《纽约时报》，看到这期社论引用了萧伯纳的观点：正如毕达哥拉斯、亚里士多德、伽利略和牛顿一样，历史将铭记阿尔伯特的名字。

椅子上、红木柜子上和临时桌面上都堆放着普林斯顿高等研究院油印的学术论文，标明了要让他亲自审阅，其中不乏数学家、物理学家、考古学家、天文学家和经济学家的论文。一架子石楠木烟斗挨着几罐铅笔，后面是一台留声机和一些黑胶唱片，大都是巴赫、莫扎特的小提琴曲和钢琴曲。

墙上挂着四幅肖像画。一幅是艾萨克·牛顿（Isaac Newton）；一幅是詹姆斯·麦克斯韦（James Maxwell），其研究被阿尔伯特称为自牛顿时期以来物理学界所见过的最深刻、最丰硕的成果；另一幅是迈克尔·法拉第（Michael Faraday）；还有一幅是圣雄甘地（Mahatma Gandhi）。这些画像下面是耆那教象征非暴力主义的带框徽章。

他看着玻恩的来信。

"我相信，"玻恩写道，"绝对确切、绝对精度、最终真理等观念是任何科学领域都不容许和接受的臆想。"

"我也这么认为。"阿尔伯特自言自语。

"另一方面，"玻恩继续写道，"从其理论基础来看，任何断言皆有可能是对的，也有可能是错的。这种'对于思考留有余地的做法'在我看来是现代科学给予我们的最大福祉。"

"很好。"阿尔伯特喃喃自语。

"因为，'相信唯一真理并坚信自己掌握了它'是世界上一切邪恶的根源。"

"玻恩这样说很对。"阿尔伯特说道。

阿尔伯特珍爱的彼德麦式的老爷钟敲了十下。当钟声停止时，他暗自微笑——安宁是爱与静的加和。

1930 年，爱因斯坦偕同海伦·杜卡斯在柏林犹太教大会堂听音乐会

阿尔伯特的秘书兼管家海伦·杜卡斯（Helen Dukas）小姐一直在书房外等到老爷钟报时。她对刚才阿尔伯特在电话里说的"你会再给我打电话吗？"很不满。

因为，这个"你"必定又是一位浪费时间、耽误事的女性仰慕者。

她走进书房,身上带着一股樟脑味。阿尔伯特早就想告诉她"有机化合物柠檬醛的味道不好闻",可一直没有鼓起勇气说。

杜卡斯小姐挥动着胳膊,拉开书房主窗户上的绿色百叶窗,"哗啦"一声像是在发出训斥。窗外是郊区街道上枝繁叶茂的垂柳、枫树和榆树。

阳光刺得阿尔伯特的眼睛有些流泪。他用手背揉了揉眼睛,又眨了眨眼。

杜卡斯小姐身材高挑、穿着朴素;她来自德国西南部,是个德裔犹太商人的女儿。她的母亲与阿尔伯特的第二任妻子一样来自黑兴根。她做阿尔伯特的秘书兼看门人大约有二十五年了,致力于保障他的生活平静而不受打扰。

她的卧室与阿尔伯特的卧室只隔着一间浴室。还有一间小的工作室兼卧室是留给阿尔伯特继女玛戈特的,她有时会来访。另外一间是阿尔伯特妹妹玛雅的卧室。玛雅四年前去世了。

"您刚才是在跟谁说话?"杜卡斯小姐问。

"一位叫咪咪·蒲福的年轻女士。我喜欢她的声音。她来自美好的老波士顿,大豆和鳕鱼的产地,在那里,洛厄尔家族只和卡伯特家族交谈,很可能也包括蒲福家族。这些家族都只同上帝对话。你能查到她是谁吗?"

"她打错电话给您,而您想让我找出她是谁?"

"是的。从来不犯错误的人也尝试不到任何新事物。"

"您介意我说您不该浪费时间吗？"

"海伦，创造力是时间被浪费掉之后的残渣。找找这位咪咪·蒲福是谁。在康涅狄格州格林尼治镇的电话簿里查下这个名字。还有，请给我一杯热巧克力。"

阿尔伯特穿着磨破的皮拖鞋，没穿袜子。他的衬衫也磨破了，领口敞开，露出一件破旧的蓝色运动衫。

杜卡斯小姐在他脚上围了条毯子。"我从没见过这么多生日贺卡。"她惊奇地说。

"有什么值得庆祝的呢？生日是自然发生的事情，反正是给孩子们过的。"他再一次擦去眼中的泪水。泪光与他额头上的皱纹形成鲜明的对比，"我七十五岁了。我们都不会越来越年轻的。"

他从罐里取出启示录牌烟草，把烟斗装满点上。一团烟雾向上翻腾。"海伦，请把热巧克力拿给我。"

"一会儿就好。"

"海伦，你拿的是什么？"

杜卡斯小姐递给他一张从报纸上剪下来的照片，上面是1945 年 8 月 6 日摧毁广岛的原子弹蘑菇云。

"内布拉斯加州林肯市的一些小学生请您在上面署名。您愿意为他们签名吗？"

在缭绕的烟雾中，阿尔伯特凄楚地盯着这张照片："如果我必须这样做的话。"

"我把那杯巧克力拿给您。"杜卡斯小姐似乎在兑现一份奖赏。

她留他一个人在照片上签下"阿尔伯特·爱因斯坦 1954 年 3 月 14 日"。

然后他取出一张纸并写下：

> 广岛有 140,000 人死亡、10,000 人受重伤。还有 74,000 人死于长崎。另有 75,000 人因烧伤、损伤和核辐射而受到致命伤害。在珍珠港又有多少人死去？他们说是 2500 人。英国诗人多恩告诉我们："任何人的死亡都是我的损失，因为我是人类的一员；因此，不要去问丧钟为谁而鸣；它就是在为你敲响。"西方世界感到满足，心满意足；而我却不如意。你们在学校学的那些美好的东西是许多代人的心血，是由世界各国人民的热切努力和万般劳苦造就的。所有这一切都交到你们手上成为你们的遗产，为的是你们可以得到它、尊重它、扩充它，将来有一天再忠实地把它传给你们的孩子。这样我们凡人才能在共同创造的永恒事物中获得永生。

杜卡斯小姐拿着热巧克力回来了。阿尔伯特往烟斗里装了更多烟草，挥手让杜卡斯小姐坐下："请写封信……海伦，给伯特兰·罗素。"他口述道："我同意你的大致观点，人类前景灰暗、严峻，这是前所未有的。人类正面临一项明确的抉择：要么我们都将灭亡，要么我们将不得不学点常识。"

老爷钟在一刻钟报时。"那么，问题就在这里，"阿尔伯特继续说，"我们向你提出的这个问题既严酷、可怖又无法避免：我们要消灭全人类，还是人类将放弃战争？人们不会面临这种抉择，因为彻底废除战争是很难的。——此致敬礼，阿尔伯特·爱因斯坦。"

他脱下一只旧拖鞋，从脚趾间拿走一小块花岗石，把它放在玻恩的来信上方。

"我喜欢那位年轻女士的声音。想想相对论。当一个人在一个漂亮的姑娘身旁坐了一个小时，感觉只是一会儿；但要让他在热火炉上坐一会儿，感觉就很漫长。这就是相对性。咪咪·蒲福。蒲福是个不同寻常的姓氏。"

"这又怎么了？"杜卡斯小姐语气中暗示，她觉得这没什么特别的。

阿尔伯特转身对着窗户，玩味着斑驳的阳光在树上的晃动，说道："这个姓氏的意思是'美丽的堡垒'。"

一群非裔美国小孩在太阳底下玩耍，这让他笑逐颜开。

领队唱道："我妈妈住在……"

集体唱道："她住在哪里？"

他们跳着扭屁股舞，齐声歌唱：

啊，她住在一个叫田纳西的地方。

跳起来吧，坦纳，田纳西。

啊，我从没上过大学，

我从没去过学校。

可说到布吉舞，

我会像傻瓜一样跳起来。

你们进来，出去，从一边到另一边。

你们进来，出去，从一边到另一边。

　　阿尔伯特挣扎着站起来，表演了一段自己设计的布吉伍吉舞。他仍然背对着杜卡斯小姐，说道："请把这句话记下来：'作为一个犹太人，我清楚地意识到偏见依然存在；但与白种人对待他们黑皮肤同胞的态度相比，这些偏见就微不足道了。我越觉得自己是个美国人，这种境况就越让我痛苦。我只有大声疾呼才能摆脱同谋的感觉。'"

　　"这要寄给谁吗？"杜卡斯小姐问。

　　"给我。海伦，给我的。这是对我自己的提醒。现在……我想让你对接下来的内容完全保密。"他深深地叹了口气，"我的人际关系都很失败。什么人会在自己的继女罹患癌症、濒临死亡时都不去看看她呢？我的第一任妻子孤独地死在苏黎世，我的女儿也不见了。我对她在哪里一无所知。我甚至都不知道她是否还活着。"

"请别……别让过去毁了您。"

"我的儿子——我的儿子……海伦，你知道——我的儿子爱德华接受精神分裂症临床治疗近二十五年。精神疗法、电休克疗法，已经破坏了他的记忆能力和认知能力。"

"但没有破坏您与他之间爱的纽带。"

"我唯一爱着的是犹太人。这是我同人类最强的联结。我对比利时伊丽莎白女王说过：'我毕生事业所受的过分尊重让我非常不安。我感到不得不把自己看作一个不自觉的骗子——我是个骗子。'我需要新鲜的空气，我的肝脏在痛。"

于是，杜卡斯小姐打开窗户。

外面停着一辆破烂不堪的别克四门轿车，从里面的收音机中传来多丽丝·戴（Doris Day）演唱《秘密爱人》（*Secret Love*）的声音。

阿尔伯特做出一个不耐烦的手势："海伦，查一下电话簿。"

杜卡斯小姐查了电话簿，找到了蒲福家的住址，是在康涅狄格州费尔菲尔德县格林尼治镇的蒲福公园。他想知道咪咪·蒲福长什么样。她的声音无疑具有青春永恒的魅力。她将会是位新朋友吗？也许是个红颜知己，一个秘密的爱人，抚慰他因年老、病痛和凶兆而不安的心灵。阳光倾洒在他的书桌上，他喜欢这种画面。他的手轻轻拂过莫扎特的《e 小调钢琴小提琴奏鸣曲 K.304》

翻旧的曲谱页，指尖微微地颤动。

很荣幸能够体会到这种温柔的展现，还有如此纯洁的美和真理。这样的品质坚不可摧。他相信，像莫扎特一样，他已阐明了宇宙的复杂性。宇宙永恒的本质在于超越命运之手和被蒙骗的人类，而岁月能让我们感受到这些复杂的东西。

他盯着在地板上闪烁不定的光影。他在那些图案里仿佛看到了家人、朋友和爱人的面孔。他亲密而可贵的友谊在他看来一直都是周期性的。从他交到第一个朋友以来，有太多人都已经消逝了。1944 年 12 月，上午 11 点 30 分，乌尔姆市班霍夫街 B135 号的房子被盟军一场最猛烈的空袭摧毁，他记得当时写信给一位现在早已想不起叫什么名字的记者说："时间对它产生的影响比对我施加的影响大得多。"

老乌尔姆市现在还留有什么呢？他想知道。**我的朋友们和爱人们——那些构成我生命并塑造了我的人——现在怎么样了？而我，已经是世界上最有名的人物了。**

乌尔姆市的居民对我多么友善，他们打算用我的名字给一条街道命名。此前，纳粹分子以费希特的名字把它命名为"费希特大街"，因为希特勒读他的作品，其他纳粹分子像迪特里希·埃卡特（Dietrich Eckart）和阿诺德·范克（Arnold Fanck）也读。

战后，街道被改名为"爱因斯坦大街"。他对市长发来的消息做了回复，而回复的内容让市长微微一笑："贵市有条街道用了我的名字，但至少我不会为那里将要发生的任何事情负责。考虑到犹太人在纳粹德国的命运，我拒绝接受乌尔姆市的自由公民的权利是对的。"

他提笔写道：

像你们一样，我不能改变自己的出生地，但我曾在青年时期不断完善自己的信仰。少年时代的宗教天堂让我第一次尝试把自己从"仅仅作为个人"的桎梏中，从一种受愿望、希望和原始感受支配的生存方式中解放出来。在我们之外有一个广阔无边的世界，它独立于我们人类而存在，就像一个永恒的大谜团摆在我们面前，然而至少有些部分是我们的观察和思维所能及的。这个世界吸引着我，在对它的沉思中，我的头脑得以解放。在孩提时代，我曾注意到，许多我所尊敬和钦佩的人都在探索这个世界的过程中找到了内心的自由和安宁。在我们能力范围之内从思想上理解这个超越个人的世界，总是作为最高目标有意无意地浮现在我的脑海里。现在以及过去有类似动机的人们，以及他们所获得的深刻见解，都是我不可失去的朋友。通向这座精神天堂的道路不如通向宗教天堂之路那般轻松惬意、令人向往，但它看起来很可靠，而我也从未后悔选择了这条路。唯一令我有些不悦的事实或许是似乎地球上任何一个角落的人都认得我这张脸。

二

乌尔姆市，符腾堡州，德国

"我的父亲赫尔曼和我的母亲波琳。"

"头，他的头，"二十一岁的波琳·爱因斯坦（Pauline Einstein）大声叫道，"太可怕了。"

"头很好看的。"赫尔曼·爱因斯坦（Hermann Einstein）戴着夹鼻眼镜，眼镜在他海象胡子上方的鼻子上摇摇晃晃。他眯着眼睛看了看，说道："我们的儿子，亚伯拉罕，有颗好看的头。"

"头是畸形的。"

"波琳，亚伯拉罕没有畸形。"

"赫尔曼，你看看，他的头骨。"

"挺好的。"

"不，他的头和身体之间的角度很奇怪。"

这对夫妇突然沉默下来，寂静中只有这座城市传来的声音在回荡。

乌尔姆市位于多瑙河畔，是德国西南部一座喧闹的士瓦本城市，以世界上最高的教堂尖塔闻名。该尖塔高 531 英尺①，被称为"上帝的手指"。1763 年，莫扎特曾在这座教堂里弹奏风琴。

马匹、运煤车和鸣笛的小型蒸汽机充斥着狭窄、蜿蜒的鹅卵石街道，街道两旁排列着砖木结构的房屋。热烘烘的马粪臭气熏天。

爱因斯坦家住在班霍夫街上，离火车站只有几步之遥。巴黎至伊斯坦布尔的快速列车已在乌尔姆市有固定的停靠时间。

赫尔曼·爱因斯坦拨弄着胡子，然后从镜子里看了眼自己的头发，轻轻地把头发捋顺。

"我一直在考虑给孩子起个什么名。我们家都是犹太人，因

---

① 编注：1 英尺 = 0.3048 米。

此我想起一个象征着高贵和聪明的名字。"

"那叫什么呢？"

"阿尔伯特。阿尔伯特·爱因斯坦。"

1879 年 3 月 15 日，在阿尔伯特出生后的第二天，一辆出租马车载着母亲、父亲和小婴儿穿过尘雾来到乌尔姆市出生登记办公室。赫尔曼穿着定做的精致黑色西服，一条窄长的领带系成蝴蝶结的形状，这装扮正符合羽绒床垫制造商 Israel & Levi 前合伙人的身份。他骄傲地站在登记员面前，波琳在旁边抱着小阿尔伯特。波琳着装华丽，戴着饰有缎带的软边帽，穿着一件鲸骨束身上衣，搭配一条百褶裙。

这对父母看起来是一对富裕的夫妇。那家羽绒床垫公司大概在两年前就已经倒闭了，现在赫尔曼决定和他的弟弟雅各布一起做生意。

雅各布有工程学的学位，他意识到电气化将会是大有前途的发展方向。赫尔曼的商业头脑也将有用武之地。更重要的是，波琳的父亲是个富有的粮食经销商，在符腾堡州人脉甚广。如果幸运的话，赫尔曼将能够从他的岳父母那里得到大笔资金来创办 J. Einstein & Cie 电气制造公司，公司总部设在慕尼黑，主要生产电气设备。

登记员大声读道："第 224 号。1879 年 3 月 15 日，乌尔姆市。

今天，赫尔曼·爱因斯坦——职业：商人；住址：乌尔姆市班霍夫街 135 号；信仰：犹太教——亲自在登记员面前署名公证，声明：1879 年 3 月 14 日上午 11 点 30 分，他的犹太教妻子波琳·科赫（Pauline Koch）在他们乌尔姆市的住宅里生下了一个男孩，取名叫阿尔伯特。阅读，确认，签字：赫尔曼·爱因斯坦。登记员：哈特曼。"

现在已经官方登记了。

登记员按照惯例向孩子投来赞赏的目光。波琳立刻遮住他巨大的头部，她为生了这样一个奇怪的小人儿感到内疚和气愤。

那天下午回到家后，医生打电话过来。

波琳低声地说："头，他的头。阿尔伯特不正常。"

"我倒不会这么说，"医生说道，"头骨大只能说明母亲或者父亲的头比普通人的大一点，这并不意味着存在学习障碍或者残疾。说真的，头大可能与头骨内的疾病有关。不过我们将测量一下阿尔伯特的头，确认头部周长自出生以来在不断增加。我可以向你保证一件事：我没有看到任何并发症，阿尔伯特的智力将会是正常的。"

"智力正常？"

"是的，智力正常。"

波琳看着阿尔伯特一天天长大，除了赫尔曼，她从未向别人说过自己对阿尔伯特的担忧。她向万能的上帝祈祷自己没有生下一个怪物。

爱因斯坦两岁左右

"我的新玩具，我的新玩具。"阿尔伯特叫道，那是他第一次看到自己的小妹妹玛丽亚（昵称玛雅），玛雅出生于1881年11月18日，"车轮在哪儿？"

爱因斯坦一家人在慕尼黑定居后，很快就过上了资产阶级的生活。他们最初租住在米勒大街（Müllerstrasse）3号的房子里，后来搬到伦格韦格（Rengerweg）14号一个带有大花园的房子里。

"阿尔伯特需要很长时间才能像其他孩子那样说话。"波琳对来访的姐姐范妮说，"他为什么把每句话都说上两遍呢？"

波琳在桌布上绣了一句话："努力工作就会有所回报。"

"我的新玩具。"阿尔伯特又慢慢地说，"车轮在哪儿？"

"范妮，明白我说的了吗？"

"也许他只是好奇罢了。"

"好奇……好奇……我不想要一个好奇的孩子。我想要一个正常的孩子。"

"如果他只能从你这儿听到批评，这不太好吧。他可能会自我封闭起来，没人知道他未来会成长为怎样的人。"

"我知道。如果他一直这样下去，估计将来会一事无成。"

"有其他人想的和你一样吗？"

"当然有了。就连管家也说阿尔伯特是个笨蛋。这孩子整天喃喃自语。"

阿尔伯特盯着他的母亲，然后看向他的姨妈，笑了笑。他动了动嘴唇，嘟哝了声，流着口水，说出了一个别人难以听懂的短语。

"阿尔伯特，你想说的是什么呢？"他的母亲问道。

口水从阿尔伯特的嘴里流出来。他跺着左脚。

"不要流口水！"他的母亲严厉地说，"范妮，你看看，他和其他孩子很不一样，管家说得没错。"

他手脚并用，费力地站了起来。他每迈出一步都要先想一想，还要伸出胖乎乎的胳膊来稳住自己："地球在我脚下晃动。这是地震。太好了！"

"弹弹钢琴，"范妮对波琳说，"你在信中跟我说，他喜欢
听你弹钢琴。"

波琳走到钢琴边上，阿尔伯特摇摇晃晃地走过地毯来到她
身边。

波琳演奏的是莫扎特的曲子。

阿尔伯特痴迷地看着波琳弹奏莫扎特的《c小调钢琴奏鸣曲
K.457》："妈妈，不要停下来。继续，继续。"

"我不能把我后半生的时间都花在给他弹钢琴上。"波琳说。

"或许他将会成为一名钢琴家。"范妮说。

当天晚上，他的父亲开始阅读席勒的作品。

阿尔伯特依偎在他的大腿上，专注地听着，沉迷于他父亲的
声音："没有什么事情是偶然发生的，在我们看来仅仅是场意外
的事情却有着最深奥的命运之源。"……"只有那些能耐心地把
简单的事情做到完美的人才会获得轻松地做好复杂的事情的能
力。"……"只有完整意义上的人才会玩耍，而只有当他玩耍时
才是一个完整意义上的人。"

又读海涅："无论他们在哪里焚烧书籍，最终都将烧毁人类。"

"每段时间都是一个谜，一旦谜语被解开，它将被掷入心灵
深处。"

"如果罗马人起初被要求去学习拉丁文，那他们就没有时间

去征服世界了。"

阿尔伯特对他父亲露出钦佩的笑容。

爱因斯坦家族和科赫家族的成员们经常兴致勃勃地穿过德国和意大利北部，来到伦格韦格 14 号。

伦格韦格 14 号的后花园里坐满了吵闹的孩子，包括阿尔伯特的表姐妹埃尔莎、保拉和赫米内，也就是范妮的女儿们。范妮嫁给了鲁道夫·爱因斯坦（Rudolf Einstein），一个来自黑兴根的纺织品制造商，而鲁道夫则是赫尔曼·爱因斯坦的叔叔拉斐尔的儿子。两家人都喜欢这种错综复杂的亲属关系。年幼的阿尔伯特记住了他们所有人的名字。

他越来越喜欢独自一人待着。他的身体和心灵仿佛分开了似的。一位女访客说，从来没有一个男孩看上去像他那样孤独。他那双棕色的眼睛睁得大大的，观察者们注意到他的眼睛乌黑灰暗，就像一个失明儿童的眼睛。

他以旁观者的姿态观察鸽子，或摆弄水桶里的玩具帆船。他避开任何竞争性的运动或游戏，只是一个人闲逛，有时也会闹情绪，或者把自己关起来玩蒸汽机（这是他在布鲁塞尔的舅舅凯撒·科赫送给他的礼物）、固定的工厂模型，或者蒸汽机车和蒸汽船上用的移动引擎。蒸汽机上有弹簧式安全阀和汽笛，因此，房子里充满了燃烧燃料的声音、曲轴转动的声音和没完没了的汽笛声。

阿尔伯特乐此不疲地用蒸汽机的噪声来激怒家人，"啾啾！"他大声喊道，"咔嚓咔嚓，突突突，火车来了！"

同时用余光打量着家人。

因患上流感，不得不在床上度过自己的五岁生日，这令阿尔伯特很失望。

"看看我给你带什么了。"他的父亲说，"给你——"

他递给阿尔伯特一个小小的包裹。

"爸爸，我能打开它吗？"

"当然可以。"

"您能告诉我这是什么吗？"

"你自己看看。"

阿尔伯特打开包装纸，然后打开小盒子，从盒子里取出一个罗盘。

"爸爸，这太棒了。衷心地感谢您，谢谢。"

"我希望你会喜欢它。"

"爸爸，我非常喜欢。"

阿尔伯特轻抚着小罗盘的玻璃窗。

"好了，我待会儿再来看你。"

"我爱您，爸爸。"

"我也爱你，阿尔伯特。"

赫尔曼离开后，阿尔伯特就开始转动这个小玩意儿，瞎弄着指针，想让它朝向他预设的方向。然而，指针总会再回到磁北极方向。

这一奇迹令他着迷，他心里既高兴又害怕。他的双手颤抖，全身发冷。这种无形的力证明了世界上存在着隐秘且神奇的力量。事物背后隐藏着一种东西，一种被深深埋藏的东西。

玛雅惊奇地看着她七岁的哥哥用扑克牌建造起一座 14 层高的房子。

"太神奇了。"她说，"你怎么做到的？"

"这是科学工程。"阿尔伯特告诉她。当他对某样东西或者某个人感兴趣时，说话就很流利了。"玛雅，你看，我用的是旧纸牌。看到了吗？首先，我设一个最高点。用两张牌相互对着摆成一个三角的形状，再这样摆一次与上一个排成一排。现在就有了两个顶点。我选出一张牌作为顶板，把它放在两个顶点上方。我需要拿着这张顶牌，小心地往下降直到它落在顶点的正上方。顶板放好之后，我再轻轻地调整其他纸牌。我以构成顶板的这两个顶点为例，造出第三个顶点，然后是第四个，第五个，第六个……"

"阿尔伯特，这太神奇了。你会创造奇迹，像《圣经》里的耶稣那样生活吗？"

"玛雅，我们接受《圣经》和《塔木德》的教导。我们是犹太人，我们是犹太人。"

"你觉得耶稣怎么样？你知道这么多。"

"我什么都不知道。"

"可你什么都知道啊。"

"不，玛雅。我学得越多，越觉得自己什么都不知道。"

好奇心总在驱使着他求知。

他经常漫无目的地走过附近的街区、集市和屋檐下的通道，小心地避开酿酒工们颠簸而行的载重马车。令阿尔伯特高兴的是，波琳鼓励并支持他的这些探索。她开始给他更多的自由，让他去思考，让他形成个人信念。

他看着一帮学生在细雨中玩凯格尔或九柱保龄球。

"请问，我可以试试吗？"阿尔伯特问道。

"你可以试一试，小伙子，"一个学生大笑着说，"给你。"他把球滚给阿尔伯特。

但是这个球对阿尔伯特来说太重了，他连一个木柱都没有击中，还摔倒了。

学生们都嘲笑他，阿尔伯特试图掩饰成为笑柄的痛苦。

他含着泪走回家。

为了让阿尔伯特振作起来，他的父亲带他去坐 Droschke，这是最新的一种出租汽车，也是慕尼黑的新式交通工具。它们轰隆隆地驶过伊萨尔门——将老城与伊萨尔城区和莱赫尔区分隔开的东侧城门。父亲指出了城门上那些描绘巴伐利亚路德维希皇帝胜利游行场面的壁画。

一位女教师被请到家里来教阿尔伯特，而阿尔伯特却认为她打扰了他思考，根本毫无用处。

他朝她扔椅子。她被吓到了，马上就走了，以后再也没有出现过。阿尔伯特只想一个人静静地坐着看书，不要任何人注意到他。

他对知识的渴望是无法被满足的。这种渴望带他踏上了孤独的心灵之旅，去往别人无法触及的境地。身处其中，他获得了无与伦比的快乐。与此同时，他继续在慕尼黑闲逛。

有一次，他在猛烈的雨夹雪中步行，一位年长的意大利人让全身湿透的阿尔伯特来自己的豪宅避雨。

阿尔伯特打量着装满玻璃饰品、瓷器和小模型的玻璃橱柜。一个由米色卡纸制成的米兰大教堂模型矗立在一张椴木桌子上，窗户上的装饰图案、浅浮雕、柱子、尖顶和雕像都是由面包做成的。老人并不是建筑师，他说他是根据自己的想象力来建造这些模型的。"我在头脑中度过这一生。"老人说。

"我也是。"阿尔伯特说，"那个坟墓是什么呢？"

"我妻子坟墓的模型。她两年前死在病床上，就在模型所处的位置。这个模型标明了她死去的地方。"

阿尔伯特向他父亲讲述了这位和蔼可亲的意大利人。赫尔曼说：“这位先生完全是自学成才的。他二十几岁时就赚了一笔钱，因为没有什么事情可做，所以他在自己的想象中同这些模型一起生活。”

慕尼黑春节这天早晨，赫尔曼带阿尔伯特去观看小汽船在施塔恩贝格湖上的首次航行，来度过这特别的一天。那时蒸汽船更常见于多瑙河、易北河和莱茵河上。

这天天气很好。阿尔伯特细细品味着白莲花和水仙花的香味。在草地上他认出了番红花的淡紫色花朵。

似乎整个慕尼黑的人都来到了山毛榉林中的施塔恩贝格湖边。白色的施塔恩贝格的房屋、圣约瑟夫教堂、建得像个瑞士小木屋的旅馆，这些都令阿尔伯特着迷。他能看到远处的阿尔卑斯山，蓝色、银色、玫瑰蓝、起起伏伏的山峰，还有浅橙色。

眼前，旗帜、花环和帷幔装饰着这些房子。阿尔伯特看到蒸汽船也被花环装饰着。树林边上，他为母亲和玛雅采集了一些阿尔卑斯龙胆花和高山报春花做成花束。尽管午饭吃的是嚼不动的煮牛肉和干的土豆沙拉，阿尔伯特和父亲还是在蒸汽船出发时玩得很开心。

到了晚上，他难以入睡，主要原因是他怕黑。他醒着躺在床上，等到听见父亲和母亲都上床睡觉了，他才敢踮着脚光脚走出房间，点亮外面的灯。细灯芯分得很开，发出一圈宜人的红白光。回到床上，他盯着从门下方狭缝中透进的灯光，开始胡思乱想。他以为有只预示着疾病、痛苦和毁灭的怪物在人自杀或意外死亡后出生，此刻它正悄悄巡行。最终，它会吃掉自己家人，吞噬自己的身体和裹尸布。

他在黎明时分醒来，焦躁难安。门下方的光线现在已成为他入睡的障碍了。无论如何，他都不想让父母知道他把灯点亮了，于是他又蹑手蹑脚地走出房间，把灯熄灭。

他回到床上。阳光透过木制百叶窗的缝隙照进他的房间，打扰了他睡觉。他把头埋进枕头里，可光线当然还在那里，从9300万英里②外照进他的房间。谢谢你，太阳。

光飞快地以每秒186,000英里的速度行进，因此，这些透过百叶窗进来的光线八分钟前还在太阳上。**我可以减慢光的速度。**他把一杯水对着太阳光，光线弯曲，发生折射。他眯起眼睛，光透过他的睫毛，一条条地散开。他把眼睛眯得更紧一点，再紧一点，光散得更宽了。当他完全闭上眼睛时，光消失了。

每年十一月，在下了几天雪后，阿尔伯特就会特别高兴，因为雪橇季开始了。

---

② 编注：1 英里≈1.609344 千米。

在英式的花园里，阿尔伯特惊叹于冷杉黑枝上挂着的那些奇形怪状的厚雪片。一匹黑马拉着亮绿色镀金雪橇发出铃铛声，打破了这片纯洁和寂静。骑手裹着斗篷，头上的皮帽遮住了眉毛。

雪橇马车代替车辆占满了整个街道。所有东西都用雪橇运送：一缸缸一桶桶水、黄铜箍着的木制牛奶桶。所有人都带着孩子般的欢乐坐在雪橇里。他沉迷在冬天的色彩中：红色的叶子、玫瑰绿和银色的叶子、铁线莲花枝形成的美妙树荫和纯白色的雪堆。太阳光亮得刺眼，闪闪烁烁，曲曲折折。

"我们要去 Aumeister。"他的父亲说。

"Aumeister 是什么？"

"那儿有城里最好的咖啡、漂亮的女士和精美的蛋糕。蛋糕有很多哦，主要是有很多漂亮的女士。"

"漂亮女士，漂亮女士。"阿尔伯特唱道。

他喜欢父亲的欢快。

十二岁的他喜欢在家里滔滔不绝地讲述宗教和文化。

他的父亲也喜欢向人介绍阿尔伯特。

"我非常荣幸地请爱因斯坦教授就他所选的话题向全家人发表演说。"

"谢谢您。今天我演讲的话题是德系犹太人。此外，还有些小小的建议。"

全家人鼓掌。

"我们都知道，我们是德系犹太人。在第一个千年即将结束的时候，德系犹太人聚集在神圣罗马帝国，形成了一个独特的犹太群体。根据犹太教法《哈拉卡》，我们从星期五傍晚日落前几分钟开始庆祝安息日，一直到星期六晚上天空中出现三颗星星时才结束。点燃蜡烛和背诵祷告标志安息日要开始了。晚餐通常以我们的祈福开始，我们吃的是两块白面包。第二天晚上，随着安息日结束仪式的落幕，安息日结束了。安息日期间，我们被免于日常生活劳作；我们沉思生命的灵性，我们和家人共度时光。

"现在我说一下饮食。我的建议是我们不要吃猪肉。我们可以吃无酵饼球汤和汤里漂着肉末的面食，或者炸土豆饼配腌制牛肉以及混有水果干、油和糖的面条片。"

他突然沉默下来。

"然后呢？"他母亲问。

"我们都知道，我们是德系犹太人。在第一个千年即将结束的时候，德系犹太人聚集在神圣罗马帝国，形成了一个独特的犹太群体。"

"阿尔伯特？"他母亲说。

"妈妈，请不要打断我。"

"但是你已经说过这些了。"

"这是真相。"

"我不在乎。"他母亲说。

"在小事上不能认真对待真相的人，在大事上也不能被信任。"

"我想，我们已经听够了。"她说。

他对自己说："我永远都不会被别人理解的。"

"代数，"雅各布叔叔说，"是一种懒惰的微积分。假如你不知道某个量，你设它为 x，把它当作已知的，然后代入给定的关系中，再确定这个 x 的值。"

雅各布叔叔向他演示毕达哥拉斯定理，阿尔伯特全身心投入，想要解开它。最后，凭着自己的智力而不借助其他任何外力，他仅花了 21 天的时间就完成了正确的证明。

通过从直角三角形的一个顶点向斜边引垂线，他发现了三角形的相似性，还得到了他拼命寻找的证明方法。

"慕尼黑没有专门的犹太小学，"赫尔曼对他的儿子说，"你将要入读布鲁门大街上的彼得人民小学（Volksschule Petersschule）。"

"这是附近的一家天主教小学。"波琳说。

"不是犹太教的吗？"阿尔伯特问。

"它是天主教的。"波琳说。

"这是好消息吗？"阿尔伯特说。

"也不算是坏消息。"波琳说。

赫尔曼保留了自己的意见。

阿尔伯特埋头阅读《蓬头彼得》，并把它记在了脑海里。

> 你看他！他站在那儿，
>
> 肮脏的头发和双手。
>
> 看！他的指甲从未剪过；
>
> 它们像烟灰一样污黑；
>
> 这个邋遢的人啊，我说，
>
> 他从来没有梳过头发；
>
> 对我来说，任何事情都比
>
> 看到头发蓬乱的彼得要好。

起初也有好消息。

波琳写信给她的母亲："昨天阿尔伯特拿到了学校的成绩单。他在班上名列前茅，成绩很好。"可是，教乘法表的老师会在孩子们出错时体罚他们。阿尔伯特讨厌被严格要求服从命令和遵守纪律。

似乎没有什么能够阻止他嘲笑那些自负的同学和自以为是的老师。

在所有老师中，阿尔伯特和教宗教的老师相处得最好。那位老师喜欢阿尔伯特。因此,在这个学部里一切进展顺利,直到老师给孩子们看了一颗大钉子。他严肃地说:"这是犹太人用来把耶稣钉到十字架上的钉子。"

老师的话激起了学生们内心潜藏的反犹主义,而这种敌对情绪立刻瞄准了阿尔伯特。

他们叫他"正直的约翰"——真理和正义的爱好者。他撇撇嘴表示抗议,脸上带着讽刺的表情,翻着颤抖的下唇。像许多受欺负的学童一样,他逐渐认识到:学校就像社会,其中的氧气被权力、扭曲的权威和恐惧所毒害,尤其是恐惧。沉默则是解药。像他父亲一样,他学着保留自己的意见。

甚至,带头辱骂犹太人的那个学生,还会朝阿尔伯特吐口水。

"你被排挤了。没有人会跟你说话的。你已经不复存在了。人们会完全无视你的存在,听不到你说话。读读海因里希·冯·克莱斯特(Heinrich von Treitschke)的话:'犹太人是我们的灾难!犹太人不再是必不可少的了。隐藏在不同国籍面具下的国际犹太人是一种正在瓦解的力量;他对这个世界来说已没有任何用处。'你也没什么用,肮脏的国际犹太人。"

阿尔伯特脸色发白,双手颤抖,他感到胸部肌肉在绷紧。他注视着他的同学,看到他们都转身背对着自己。

他在心里默默地对自己说:"世界上几乎没有哪个国家的人口中没有犹太种族。不管犹太人住在哪里,他们都是人口中的少数，是一个人口很少的少数民族，因此他们没有足够的力量来抵御攻击。对政府来说，为把注意力从自身过错上转移，他们可以因为这样那样的政治理论谴责犹太人，比如共产主义或社会主义，这样做是很容易的。历史上，犹太人曾被指控犯有各种各样的背叛罪，比如向水井投毒或者谋杀儿童用于宗教祭祀。这大多归咎于忌妒，因为尽管各个国家的犹太人数量很少，但总有不成比例的杰出公众人物出现。"

口号反复响起："垃圾，犹太人不正常！垃圾，犹太人不正常！"

其他学生敲打着课桌："垃圾，犹太人不正常！垃圾，犹太人不正常！"

教室门开了。

"发生了什么？"老师在喧嚣声中喊叫着问。

阿尔伯特从他身边挤过去，走出了彼得人民小学。

他发誓要坚定自己的信念，他要从家人那里获取力量。他急忙赶回家，步履飞快，黑色毡帽遮着他深色的头发，棕色的眼睛瞟来瞟去，对周围保持警惕。同时，他用自己创作的曲调唱着《蓬头彼得》。

1888 年，美国国家地理协会成立，柯南·道尔（Conan Doyle）的《恐怖谷》在英国出版；在距离慕尼黑 124 公里的布

"这是我在路易波尔德高级中学的同学们。前排右起第三个是我。"

劳瑙,克拉拉·希特勒(Klara Hitler)怀上了她那臭名昭著的儿子,汉娜·卓别林(Hannah Chaplin)在伦敦南部沃尔沃思区东大街上怀着查理;而此时,阿尔伯特·爱因斯坦入读了慕尼黑多教派的路易波尔德高级中学。

他喜欢和他的犹太同学一起上海因里希·弗里德曼(Heinrich Friedmann)教的课。弗里德曼教授《十条诫命》和犹太圣日仪式。阿尔伯特毫无顾忌地抱怨学校严苛的拉丁文和希腊文学习,他讨厌这样的教学方式。

"书!"老师喊道,"把书拿起来。《蓬头彼得》,第一页。"

阿尔伯特把书丢在地上。

"放在那儿,爱因斯坦!"

"如果我不放在那儿呢?"

"你的膝盖会被打碎的。"

"真的？会被谁打碎呢？"

"被我。"

"我不需要这本书。"

"你的确需要这本书。"

"如果我知道第一页的内容呢？"

"你不知道。"

"我确实知道。"

"你在撒谎。"

"您知道我在撒谎吗？"

"你不知道。"

老师很快就无法控制自己了。

其他学生开始咯咯地笑。

"安静！"老师大叫，"爱因斯坦？"

阿尔伯特夸张地叹了口气："如果您坚持的话。"

他用拉丁语背诵了《蓬头彼得》。

教授告诉他："你就是个胖乎乎的小矮子。你什么都做不好的。你是个可怜的失败者。"

"或许我将在自己发现的领域取得您这样的卓越地位。"阿尔伯特微笑着说。

"出去！回家去。出去！出去！"

在那之后不久，阿尔伯特开始在家认真研究数学定理，并证明这些定理。

马克思·塔木德（Max Talmud）是位来自波兰的穷学生，在慕尼黑一所大学攻读医学，是星期四晚饭的常客。阿尔伯特这个孩子引起了马克思的注意。马克思经常给他一些书。阿尔伯特如饥似渴地读亚伦·伯恩斯坦（Aaron Bernstein）的《自然科学通俗读本》和路德维希·毕希纳（Ludwig Büchner）的《力与物质》。伯恩斯坦和毕希纳的著作俘获了阿尔伯特的想象力，尤其是伯恩斯坦的书，大大地增加了阿尔伯特对物理学的兴趣。

当爱因斯坦家的生意再次失败时，他们在慕尼黑的生活陡然改变了。

1894 年，阿尔伯特十五岁，全家人选择移居米兰，因为科赫一家想对赫尔曼的生意产生更直接的影响。赫尔曼和波琳带着玛雅一起走，而把阿尔伯特留在了一套寄宿公寓里。

"我们计划，"赫尔曼说道，"让你在路易波尔德高级中学获得毕业文凭，考上大学，然后从事电气工程师这个职业。"不管怎么说，这只是他父亲的规划，阿尔伯特却有其他想法。

他给他在斯图加特的舅舅凯撒寄了一篇论文。

"我正在挑战一项非常有争议的科研题目，"他告诉舅舅，"是关于电、磁和以太之间的关系。以太是假设存在的非物质实体，被认为是充满整个宇宙空间的，并能传输电磁波。"

他用细瘦的哥特式字体在五页横格纸上写出自己的想法。他给自己的研究起名为"关于磁场中以太状态的调查研究"。

"目前我们对磁场和以太之间的关系知之甚少，"十五岁的爱因斯坦指出，"但如果能用完整的实验研究对磁场中以太可能出现的状态进行检验，那么对以太及其弹力和密度绝对量的检验也可以开始了。"

这个男孩已经发现了一个非同寻常的悖论。

"如果你能在光线运动时以光速追踪一束光，可能会发生什么呢？你将看到一个'空间中不断振荡但停滞不前的电磁场'。"

他补充道："这项研究仍然相当幼稚和不完美，正如对像我这样的年轻人所期待的那样。如果您懒得阅读这篇论文，我也不会介意的，但您必须承认，至少在克服我从自己挚爱的父母那里继承的写作上的懒惰方面，它是一次适当的尝试。"

还有三年时间，阿尔伯特就能完成高中学业进入大学了。

他被留下来寄宿在亲戚家，逐渐变得意志消沉。他向家庭医生求助，并承认自己患有严重的神经衰弱。

然而，事情发生了奇怪的转折。阿尔伯特的希腊文教授德根哈特（Degenhart）让他离开路易波尔德高级中学。就这么简单。

"我做错了什么吗？"阿尔伯特恳求道。

"你是一个有破坏性影响的人。"教授说。

"我当然是个捣蛋鬼，因为我不赞成您的教学方法。"

"那就离开。"

"您不想听我的理由吗？"

"我不想听。"

"您的不情愿证明了我的观点。"

他收拾东西，追随家里其他人前往米兰。

走出了固定的正式教育模式，恰好适合阿尔伯特。简单地说，这让他能按照自己的方式做事，并沉浸在思考中。他和别人的不同在于：专心。在《我的未来计划》这篇文章中，他承认自己没有"实际操作能力"，然而，"科学界有种独立性强烈地吸引着我"。

他不能接受德国人的灵魂，而这一点正好体现在德根哈特的喜好上。**所以我当然捣乱了。**

更糟糕的是，德国人需要服兵役。**只有一条出路：在我十七岁生日之前彻底离开这个国家，放弃国籍，否则我将会因为逃兵役而被捕。**

他乘火车前往米兰以南 35 公里的帕维亚，他的父母别无选择，只能在米兰欢迎他的到来。

他喜欢乘坐快速列车旅行，喜欢听预示着要出发的关门声——"砰"的一声。他尽情享受着燃煤蒸汽的气味，还有"突突"的引擎声和尖利的汽笛声。车轮撞击铁轨发出"咔哒咔哒……嘀嘀哩嗒……"的声音，在粗砂石上磨出飞扬的火花；大雨沿着窗户倾泻而下；巨大的慕尼黑铁路调车场和哈根斯（Hagans）Bn2t 型机车映入眼帘；炉渣积累成堆。冬天，雪、仓库和老椴树都被染成了黑色；春天，果园里繁花盛开；盛夏，能看见银色的玉米田地、阿尔卑斯牧场、松树林和收割的金色干草。最重要的是，独自旅行可以让他有时间去思考而且不被干扰。他对同行旅客的喋喋不休充耳不闻，和着火车的节奏沉浸在萦绕脑海的想法中。

这是我的思想实验时间。

在前往帕维亚的旅途中，他读了莫扎特写给父亲的信："一个天资普通的人大多会持续平庸，无论他是否旅行；但一个天资卓越的人若总待在同一个地方，将会失去活力。而我并不否认自己拥有卓越的天资，这没有丝毫不敬之意。"

我不能待在同一个地方。

在法兰克福举办的第一届国际电气展上，爱因斯坦兄弟展示了发电机和灯，甚至还有电话系统。他们的公司被授予数项发明专利。

雅各布·J. 爱因斯坦电气制造公司的车间，帕维亚，1894 年

这家公司现在叫"雅各布·J. 爱因斯坦电气制造公司"
（Elektrotechnische Fabrik J. Einstein & Co.），雇用了两百个人，
安装照明和电力网络系统，也收到了为慕尼黑啤酒节安装电气照
明设备的合同。接下来公司要给慕尼黑北部施瓦宾格区安装电线。
雅各布的发电机在法兰克福国际电气展上展出，它能产生 100
马力电量，即 75,000 瓦特。观展的一百万人和德国皇帝威廉二
世都对这些灯感到惊异。公司还获得了在意大利北部小镇瓦雷泽
和苏萨安装电力系统的合同。

不幸的是，他们需要一百多万马克才能在迅速发展的发电厂
市场角逐。爱因斯坦兄弟面临着来自德国爱迪生公司和西门子公
司的强大竞争。

在走投无路的情况下，他们抵押了自己的房屋，但资金仍
然不够。结果纽伦堡的舒克特赢得了合同。不到 12 个月，雅各
布·J. 爱因斯坦电气制造公司破产了。

"我那可怜的父母，"阿尔伯特对玛雅吐露道，"这么多年来从未有过开心的时刻，他们所遭遇的不幸重重地压在了我身上。而我十六岁的时候只能做一个被动的目击者，什么也做不了，这让我感到很挫败。对于我的亲人来说，我只是一个负担，假如我不曾活着，那无疑是更好的。只有年复一年地不让自己有任何娱乐和放松，才能让我保持前行，不会经常地陷入绝望。"

爱因斯坦兄弟辗转到意大利北部。他们卖掉慕尼黑的房子，寄希望于为帕维亚建造一个水力发电系统。到那儿之后，他们在一栋原属于诗人乌戈·福斯科洛（Ugo Foscolo）的大房子里安了新家。

阿尔伯特爱上了意大利。他协助父亲和叔叔完成设计，阅读，思考，独自徒步穿过利古里亚阿尔卑斯山脉到达热那亚。在热那亚，他同舅舅雅各布·科赫（Jakob Koch）待在一起。

1895年夏天，他在艾罗洛写论文，还受到莱布尼茨（Leibniz）的启发写了哲学笔记："从我们不完美的思考中推断物体是不完美的，这是不对的。"

"你必须赚钱谋生。"他父亲对他说，"从事电气工程工作吧，然后准备接手爱因斯坦家族的生意。"

"不，爸爸，我要参加苏黎世联邦理工学院的入学考试。"

"它只是一个教师培训学院，不是像海德堡、柏林或者哥廷根那样的大学。"

"这正合适。"

赫尔曼正式申请为阿尔伯特免去符腾堡州的公民身份，申请被接受了，花费了3马克，这样他就被免于服兵役了。他不再是德国公民了，而将成为苏黎世联邦理工学院的无国籍学生。

事情还不完全如此。苏黎世联邦理工学院的校长对阿尔伯特的申请并不热心，因为他并不完全符合申请条件，而且只有高中学历。校长说："根据我的经验，从他中断学业的学校录取该名学生是不明智的，即使他是个所谓的神童。"阿尔伯特应该完成他的综合学业，尽管如此，若爱因斯坦一家坚持，校长将在有关年龄的规定方面做出让步，让阿尔伯特参加入学考试。就这样，阿尔伯特入读了这所学校。

唉，他在语言和历史方面表现得太差，以致他又被送回中学读了一年，那所学校在距离苏黎世30分钟车程的阿尔高州的阿劳市。阿劳州立中学出了名地自由宽松，而且专注于科学研究。

阿劳市

在秋季学期伊始，阿尔伯特去了距苏黎世45公里的阿劳市，并被安排和温特勒一家住一起。约斯特·温特勒（Jost Winteler）在州立中学教授语文学和历史。

十六岁的阿尔伯特在温特勒家感到轻松自在，把这里当作自己的第二个家。约斯特·温特勒是瑞士吐根堡地区的本地人，以前做过记者和鸟类学家；他是一个英俊帅气、思想自由的自由主义者，憎恶强权政治，和阿尔伯特一样对德国军国主义深恶痛绝。温特勒夫妇有四个儿子和三个女儿。读书、听音乐、聚会和热烈的讨论是这一家的主旋律。温特勒还会安排放风筝的短途旅行。他有和鸟聊天的习惯。在乡间徒步旅行时，阿尔伯特会摆弄自己的灰色毡帽。

温特勒一家把这位总是面带微笑的年轻哲学家当作家里的一员。阿尔伯特叫约斯特·温特勒"爸爸"，叫他的妻子波琳"妈妈"或者"2号妈妈"。他把"妈妈"当作自己的倾诉对象。

他会穿着蓝色睡衣，和温特勒家的儿子保罗一起，边喝咖啡，边在房子里走来走去，后来保罗成了他亲密的朋友。阿尔伯特喜欢自己"颠覆性学生"的名声；他明亮的眼睛、蓬乱的头发和倨傲的神态令家里的女人们着迷。他用小提琴为他们演奏巴赫和莫扎特的曲子，他的演奏既有力又优雅。用钢琴为他伴奏的是十八岁大的玛丽，目前在阿尔高师范学院上学。她穿着长长的伞裙和喇叭袖的衬衫，是三个女儿中最漂亮的一个，阿尔伯特感到她对自己很有吸引力。他调皮地引用歌德的《捕鼠人》，对她说："我只要拉起我的提琴，他们就会在后面跟紧。"③

尽管玛丽在智力方面与他相差甚远，两人还是坠入了爱河。他们在一起放声大笑，形影不离，还经常约朋友一起在咖啡馆见面。

两家人都没有异议；他们甚至视这对情侣为非正式订婚了。当阿尔伯特春假返回帕维亚时，他向母亲承认玛丽的信让他得了相思病。他写信给玛丽："亲爱的小阳光，你在我心里比那个世界还重要。"

玛丽最喜爱的照片

她叫他"亲爱的宝贝"。

从阿尔伯特在帕维亚写给她的信中可以看出，他对这份感情表现得十分奔放而坦荡。而她承认自己跟不上他的思想——阿尔伯特沉迷于电磁学的本质，他幻想骑着光波穿行会看到什么现象，但玛丽觉得这一点也不浪漫。

---

③ 译注：译文来自《歌德诗集》，钱春绮译，1982年8月，上海译文出版社。

他把柏林纳入视线范围，因为他听说威廉·伦琴（Wilhelm Röntgen）已经在那里对阴极射线做了深入的研究。当把电荷置于充满低密度气体的玻璃管内的两块金属板上时，就会产生辐射。伦琴在感光屏上看到了一道微弱的亮光，这是由一种前所未知的具有穿透性的射线发出的，他把它叫作"X 射线"。

阻碍阿尔伯特去柏林的原因是他对德国以及德国文化的敌对情绪。德国充斥着各种各样的反犹主义，德国人对那些成功的犹太人心怀怨恨，他们担心犹太人会获得更多的权力。阿尔伯特很难理解为什么德国人会存在热情好客和敌意反对这两种对立的情绪。

他还希望脱离传统的民族主义。他想要瑞士的公民身份。

他试图安慰玛丽："如果你此刻在这里，我会不顾一切地给你一个吻作为惩罚，还会对你开怀大笑，这些是你应得的，可爱的小天使！至于我是否会有耐心，对于我挚爱的调皮小天使，我有其他选择吗？"

在阿尔伯特待在阿劳期间，家庭间交织的关系产生了意想不到的结果：玛雅爱上了玛丽的哥哥保罗，安娜·温特勒（Anna Winteler）爱上了阿尔伯特新结交的好朋友——工程师米歇尔·安吉洛·贝索（Michele Angelo Besso）。

贝索比阿尔伯特大六岁，他出生在瑞士苏黎世市里斯巴赫区（Riesbach）一个混乱的西班牙系犹太裔意大利家庭。他很快引

安娜和米歇尔

起了阿尔伯特的兴趣，阿尔伯特同样引起了他的兴趣。阿尔伯特

在赛琳娜·卡普洛蒂（Selina Caprot）家的音乐晚会上与他初次

相遇。贝索是苏黎世联邦理工学院的毕业生，有着黑色的卷发和

一双总在紧张凝视的眼睛，与阿尔伯特一样对物理学怀有极大的

热情。他也曾是个不服从学校命令的叛逆学生，因抱怨数学老师

能力不足而被高中开除。

阿尔伯特简直像被贝索施了魔法似的，而贝索的上司则对贝

索表示不满。上司要求他去做个关于发电站的报告，结果他误了

火车，等到抵达时又不记得自己该做什么了。当总部收到贝索请

求提示的卡片时，他的上司说贝索"完全没有任何用处，快要精

神失常了"。

"米歇尔，"阿尔伯特说，"是个十足的笨蛋。"

贝索与阿尔伯特是一类人，阿尔伯特对他忠心耿耿："没有人像你一样跟我这么亲密、这么了解我、对我这么好了。"

在赛琳娜·卡普洛蒂家的一次晚会上，阿尔伯特把贝索介绍给安娜·温特勒，于是他们坠入了爱河。

想象中那看不见的光路其实是可以看见的。

苏黎世，而不是柏林，在向他招手。

随后的六月里，阿尔伯特和朋友们在瑞士东北部沿着森蒂斯峰开始了为期三天的徒步旅行。森蒂斯峰海拔超过 2500 英尺，是阿彭策尔阿尔卑斯山脉地区最高的山，山脊陡峭。阿尔伯特没有足够的远征装备。他用围巾把大衣系在身上，鞋子也裂开了。他眯起眼睛看着毛毛细雨，同时身体重重地靠在手杖上。

一小队同学费力地爬上弗拉尔普（Fälalp）上流流域，然后穿过层层积雪到达罗莎峰（Rossmad peak）上独块尖岩下方松散岩石中一道更陡峭的斜坡。接着他们向西走到冰川上方光秃的岩石山脊处。阿尔伯特痴迷地望着近处库尔山峦的顶点，它西起苏黎世湖，东到福拉尔贝格州的山峰，北至康斯坦茨附近的博登湖。徒步返回施瓦加普（Schwägalp）需要两个小时，途中有些地方十分陡峭，需要步履非常稳健。他在险境中拼命地保持平衡，却还是滑了一跤，滚到了一个陡峭的悬崖边。

他尖叫起来。

离他最近的同学阿道夫·弗里希（Adolf Frisch）伸出了他的

登山杖。

为了保住宝贵的生命，阿尔伯特紧抓着登山杖，弗里希把他往上拉至安全的地方。

弗里希把阿尔伯特抱在怀里。阿尔伯特发着抖，脸上全是汗水。

"把头低下来，放在两个膝盖之间，"弗里希对他说，"现在坐着别动，慢慢地呼气，吸气。"

"阿道夫，谢谢你。"

"没什么。"

"没什么？你刚救了我的命。"

"任何人都会这样做的。"

"对不起，我真讨人厌。"

"你不是一个讨厌的人。只是你实在不适合当登山运动员。"

1896 年 9 月，十七岁的阿尔伯特通过了瑞士的高中毕业考试，其中物理和数学两科取得了最高分。他终于可以入读理工学院了。苏黎世之梦变成了现实。

他意志坚定，独立思考和研究能力强，智力水平也远高于常人，这些将使他成为在世的最伟大的科学家。

令人忧伤的是，他不可避免地要和玛丽分别。她接受了一个教师职位，地点在 570 公里外的奥尔斯贝格镇——威斯特伐利亚州霍赫绍尔县的一个偏远小镇。

苏黎世

十七岁的阿尔伯特感到生命有了崭新的开端，他在苏黎世中央火车站下了车，脚步轻快。他一只手提着破旧的小提琴盒，另一只手提着行李箱，从火车站出来，向班霍夫大街走去。

隔着利马特河，他能看到对岸理工学院和苏黎世大学的新古典主义建筑。群山环抱着古老的苏黎世，这里有教堂、酒店、餐馆、银行以及罗马时期的遗迹和东南部的苏黎世湖；有轨电车缓缓开来，当啷当啷地爬上苏黎世山和玉特利山的斜坡。苏黎世还有为之骄傲的加尔文主义文化遗产。

他的姨妈朱莉·科赫（Julie Koch）每个月给他 100 法郎。有了这笔补贴，阿尔伯特就能在学生居住区租一间屋子。他和卡吉夫人合租，住在巴士里希广场（Baschligplatz）旁的联邦大街

（Unionstrasse）4号。

阿尔伯特尽情享受着19世纪末期欧洲的知识爆炸和艺术骚动。弗洛伊德在维也纳思考梦和性癔症的问题，并出版了《梦的解析》一书；斯特芳·马拉美（Stéphane Mallarmé）在埃菲尔铁塔高耸的巴黎试着保持沉默，也不受管束；德雷福斯事件则震惊了整个法国。1898年1月13日，爱弥儿·左拉（Émile Zola）在《震旦报》上发表了一封写给时任法国总统菲利·福尔（Félix Faure）的公开信，控诉政府的反犹主义及因间谍罪判处阿尔弗雷德·德雷福斯（Alfred Dreyfus）终身监禁的不合法性。左拉在信中指出该案存在司法错误，且证据不足，他因此遭到起诉，并在1898年2月23日被判定犯有诽谤罪。于是，他逃往英国，次年才返回法国。1900年，巴黎万国博览会吸引了5100万名游客；1901年，诺贝尔奖项首次被颁发；同年，康定斯基（Kandinsky）成为慕尼黑艺术团体"蓝骑士"的创始成员。

相比之下，苏黎世则显得稳定和自由得多。1900年，荣格从巴塞尔来到苏黎世，发现这座城市"并非通过知识与世界建立联系，而是经由商业活动。这儿的空气仍然是自由的，而我一向看重自由。在这里，你不会因存在了数百年的棕色迷雾而感到压抑，尽管有时你可能会怀念那种丰厚的文化底蕴"。罗莎·卢森堡（Rosa Luxemburg）是名马克思主义者，也是德国共产党的最终创办人，她的支持者已经遍布这座城市，包括学生、自由思想

家和被社会抛弃的人。1901 年，托马斯·曼发表了他的第一部
小说《布登勃洛克一家》；新艺术运动风靡一时；1905 年，亨利·马
蒂斯（Henri Matisse）展出了他的画作《生活的欢乐》，两年后，
毕加索用一幅《亚威农少女》开创了绘画艺术的新局面。

　　瑞士联邦理工学院位于莱米大街（Rämistrasse），毗邻苏黎
世大学，在远离街道处有个小小的庭院。透过敞开的橡木门可以
看到里面的拱门和露台，微光透过天窗和高窗照在露台上。

　　理论物理学刚刚成为一门学科。柏林的马克斯·普朗克（Max
Planck）、荷兰的亨德里克·洛伦兹（Hendrik Lorentz）和维也
纳的路德维希·玻尔兹曼（Ludwig Boltzmann）都是理论物理学
的先驱，他们把物理学和数学相结合，提出了实验物理学家尚未
探索的新领域。于是数学成为阿尔伯特在理工学院的必修课程中
一个重要的组成部分。

　　阿尔伯特已经厌倦了与玛丽之间的关系。

　　当阿尔伯特假惺惺地暗示说打算去阿劳市看望玛丽时，她激
动不已，并发誓永远爱他，而阿尔伯特则感到腻烦。她又送给他
一把茶壶作为礼物。

　　他意识到这种一头儿热的关系不能再继续下去了，于是直截
了当地告诉玛丽，他们应该停止给对方写信。

　　玛丽说，她不敢相信这是他的真实想法。

阿尔伯特觉得很难掩饰自己的恼怒。他不喜欢那份礼物，他也不想要一把茶壶。

她反击道："我傻傻地送给你一把小茶壶，根本不是为了让你高兴，只要你以后用它沏一些好茶就够了。别再跟我摆出一副生气的臭脸，还从信件的一言一语中传达出来。"

从此，他就不再给她写信了。

玛丽写信给他的母亲寻求建议。

"这个浑蛋现在变得极其懒惰，"波琳·爱因斯坦对她说，"这三天来我一直在徒劳地等着他的消息；一旦他来了，我一定会好好地跟他谈谈。"

阿尔伯特告诉玛丽的母亲，他和玛丽之间的关系已经结束了。他春天时将不会再来阿劳市了。

　　我不配再多享有几天的幸福时光，这会给玛丽带来新的痛苦，而我已经因为自身的过错给亲爱的人儿造成了太多痛苦。由于我没有考虑也不了解她那脆弱的天性，所以我曾带给这个可爱的女孩痛苦，而我现在不得不亲自尝到其中的一些苦楚，这使我获得了某种特殊的满足感。艰苦的智力工作和探索上帝的本质就像和谐、坚强又无情、严苛的天使们一样，她们会引领我度过人生中的一切困扰。如果我能把这些分享给这个善良的孩子该多好。然而，这种经受人生风暴的方式太过特别——在我头脑清醒时，我会觉得自己就像只鸵鸟，把头埋进沙子里，以免察觉到危险。

玛丽患上了急性抑郁症，而阿尔伯特却把目光聚焦到了其他人身上。

米列娃

数学和物理课堂上有五个男生，还有一个女生，她叫米列娃·马里奇（Mileva Maric），二十岁，是个苗条的匈牙利裔塞尔维亚人。阿尔伯特钦佩她的认真、严肃，她看上去和他一样，是个局外人。他注意到她穿着一双矫形靴，因为她的一条腿比另一条腿短，所以她走路一瘸一拐的。但她没有因自身残疾而小题大做，这也让阿尔伯特钦佩不已。

米列娃和另外一个来自维也纳的学生海伦娜·斯拉夫（Hélène Slavic）成了朋友。海伦娜攻读历史学。她们同两个来自塞尔维亚的女生和两个来自克罗地亚的女生一起住在平坦大街（Plattenstrasse）50号，这是由恩格尔布雷希特（Engelbrecht）小姐经营的廉租屋，离阿尔伯特住的地方不远。

在苏黎世巴士里希广场上的咖啡馆里，他与马塞尔·格罗斯曼（Marcel Grossmann）滔滔不绝地谈话，这位朋友来自古老的塔尔维尔贵族家庭。

阿尔伯特一口一口地吸着长烟斗，说道："听我说，原子和力学这些概念将自然现象简化为基本原理，就像几何学也能通过一些公理或者命题得到体现。"

他们强烈反对资产阶级毫无意义的生活，发誓绝不能被琐碎、狭隘的小事困住。

阿尔伯特与朋友们一起喝了大量的咖啡，吃了许多德式香肠，抽了很多烟草，数量多到把阿尔伯特的牙齿都染黄了。晚上，他为朋友们拉小提琴，演奏莫扎特的《e小调小提琴奏鸣曲》和《第6号奏鸣曲 K.301》。后来，他们在学校里由戈特弗里德·森佩尔（Gottfried Semper）建造的观象台用望远镜观察夜空。其中没有米列娃。

他在物理实验室里高谈阔论，希望能给米列娃留下深刻的印象。她盯着他看，又总是倏地收回注视，将目光转向手头的任务

上。工作优先。阿尔伯特觉得她是同道中人。他在图书馆里见到
她，欣赏着她那宽阔、性感的嘴唇，又在西奥多·比尔罗思（Theodor
Billroth）举办的勃拉姆斯音乐会上瞥见她和朋友们在一起。阿尔
伯特发现，每次看到她都会带给自己强烈的感官满足。也许是害
怕被拒绝，他只能做一个被动的追求者，等着她迈出第一步，而
她却无动于衷。

海因里希·弗里德里希·韦伯

与此同时，阿尔伯特有了"敌人"——物理系主任海因里希·弗
里德里希·韦伯（Heinrich Friedrich Weber）教授。这位教授为自
己说服西门子建造那所新大楼而自豪，不过，他和阿尔伯特却有
些不对付。韦伯偏爱物理学史，可阿尔伯特却着眼于物理学的现
在和未来。韦伯甚至从来不提阿尔伯特的偶像——数学物理学家
詹姆斯·克拉克·麦克斯韦（James Clerk Maxwell）。麦克斯韦

方程组是开创性的, 它们准确地描述了电磁学理论。

阿尔伯特对待韦伯有点放肆, 叫他"韦伯先生", 而不是"教授"。韦伯逐渐对阿尔伯特的无礼产生了厌恶。

阿尔伯特绝非等闲之辈。他选修了韦伯的物理学、振动学、机电学、交流电理论和绝对电气测量等课程。

阿尔伯特也独自做研究。他被海因里希·赫兹(Heinrich Hertz)所做的一系列精彩实验迷住了。赫兹发现了无线电波, 并证明了詹姆斯·克拉克·麦克斯韦的电磁理论是正确的; 赫兹还发现了光电效应, 为量子世界的存在提供了一条初始线索。

韦伯把他叫到一边:"爱因斯坦, 你是一个非常聪明的孩子。"

"谢谢您, 韦伯先生。"

"是韦伯教授。但你有个很大的缺点: 你永远不接受别人的劝告。"

阿尔伯特把韦伯的话当作一种恭维。

后来, 阿尔伯特又冒犯了学院的另一位教授让·佩尔内(Jean Pernet)——他逃了他的"物理实验入门"课程。矮小、肥硕的佩尔内强烈要求给予阿尔伯特"警告处分", 由系主任代表学校对阿尔伯特进行严厉的训斥。

佩尔内把阿尔伯特叫到他的办公室:"物理学研究需要一定的善意。虽然你很热爱它, 但你没有足够的能力。为什么不放弃物理学，去学习医学、语文学或者法律呢？"

阿尔伯特沉默了。

"嗯？"佩尔内说。

"因为我认为自己很有天赋，"阿尔伯特说，"为什么我不能从事物理学研究呢？"

"随便你吧，爱因斯坦。随便你。我只是给你提个醒，也是为你着想。"

当阿尔伯特出现在佩尔内的下一次课上时，他收到了一份指导说明书，然后他郑重其事地把它扔到了废纸筐中。

接着，他又在佩尔内的实验室引发了一场轰动。一个女学生费力地用软木塞把试管密封起来，佩尔内告诉她这支试管会破裂的。

"这个人精神不正常，"阿尔伯特告诉她，"前几天，他勃然大怒到晕厥，在课堂上完全昏迷了。"

结果试管爆炸了，爆出的碎片伤到了阿尔伯特的右手，他几周内都不能拉小提琴了。

尽管他很喜欢数学教授赫尔曼·闵可夫斯基（Hermann Minkowski），一位三十岁的俄系犹太人，但他还是会逃掉他的课。闵可夫斯基称阿尔伯特为"懒汉"。

他最亲密的朋友马塞尔·格罗斯曼来自苏黎世一个古老的瑞

马塞尔·格罗斯曼

士家族。阿尔伯特很佩服格罗斯曼，因为他学东西很快。他们两人经常在利马特河畔的咖啡厅闲逛。马塞尔对自己的父母说："总有一天，这个爱因斯坦会成为伟人的。"

音乐将阿尔伯特的注意力从对苏黎世联邦理工学院的不满中转移开。巴赫、舒伯特、莫扎特。此外，他还靠独自泛舟于苏黎世湖上排遣不快。

在平坦大街50号恩格尔布雷希特女士的廉租屋里举办的音乐晚会上，阿尔伯特会带着自己的小提琴和物理学书籍出现。米列娃弹奏塔姆布里扎琴（tamburitza）和钢琴。

阿尔伯特还参加伦理文化学会（Society for Ethical Culture）瑞士分会举办的会议。

他在那里发现了一位政治导师——古斯塔夫·迈尔（Gustav Maier）。他不仅是布莱恩（Brann）百货公司的主管，也是科学和文化领域广受欢迎的人物。

现在他鼓起勇气向米列娃发出邀请。他提议让她陪自己一起徒步旅行,从苏黎世的玉特利山上俯瞰世界。

他们从苏黎世中央火车站搭乘火车出发,开始了为期一天的行程。在登玉特利山的途中,他们陶醉在山花烂漫中。

"看,"阿尔伯特说,"那是熊葱。"

"熊葱是什么?"

"野生的大蒜。"

玉特利山海拔 2850 英尺,能将苏黎世的屋顶和碧蓝色的湖面尽收眼底。

阿尔伯特搂着她的肩膀:"这是 Reppisch 山谷,"他对她说,"那边是伯恩兹阿尔卑斯山脉,以及艾格峰、莫希峰和少女峰。"他拉着她的手。他们凝视着彼此的眼睛。

他弯腰摘下一朵花,把它递给米列娃:"送给你。"

"给我吗?"

"给你的。"

"这是什么花?"

"高山勿忘草。它的意思是'勿忘我'。答应我好吗?"

"任何事情。"

"别忘了我。"

她亲吻着他的嘴唇。她的双唇丰满,她的舌头很调皮。他抚摸着她的脸颊,吸吮着她的古龙香水味。他用手慢慢地上下摩挲

着她的后背。她轻轻地呻吟着。他们站在一起，没有说话，面带
微笑。

阿尔伯特回米兰度假时，他的母亲察觉到了他的改变。全家
人放声大笑，弹起了钢琴，拉起了小提琴，互相开着玩笑。

阿尔伯特专心地研究米兰犹太群体的历史。这个群体始于
19 世纪早期，发展历史不长。在那之前，斯福尔扎（Sforza）和
维斯孔蒂（Visconti）统治下的犹太人每次只能在米兰待上几天。
后来，19 世纪初期，这些限令被取消了。1892 年，中央犹太教
会堂正式成立。

他高兴地想到米兰也是世界上唯一一座在城中央有个葡萄园
的城市。他在位于塔大街（Corso Magenta）的阿特拉尼之家（House
of Atellani）的庭院里发现了这个葡萄园。最棒的是，葡萄园曾经
的主人不是别人，正是大名鼎鼎的列奥纳多·达·芬奇（Leonardo
da Vinci）。阿尔伯特仿佛被带回到 1490 年列奥纳多种植葡萄园
的时候。

他投入地阅读达·芬奇的著作，在看到一些似乎能证实他自
己好多想法的观察和想法时，就把它们写下来。他对列奥纳多的
话做了注释：**我知道这是真的。**

　　你一旦尝到了飞翔的滋味，那么你在地球上行走时就会

永远望向天空，因为你已经到过那里，而且你总渴望着回到天空中去。热爱实践而没有理论的人，就像没带舵盘和指南针就上船的水手，永远不会知道可以在哪里抛下钓线。

无法超越自己老师的学生是可怜的。

光的视角就是我的视角。

上帝是万物之光，如果上帝赐福给予我启迪，那么我将探讨光；因此，我把当前的研究分为三个部分……直线透视（linear perspective）、色彩透视（the perspective of colour）和消失透视（the perspective of disappearance）。

谁能给我一份赖以生存的工资呢？不得不赚钱谋生迫使我中断研究而去处理一些小事，这让我非常苦恼。

他想到了米列娃。**我爱你。我爱你，米列娃·马里奇。**
"万有引力不是人们坠入爱河的原因。"他喃喃自语。
列奥纳多曾说过："生育及任何与之相关的行为都是如此令人厌恶，所以，如果没有漂亮的外表和美好的性格，人类早就灭绝了。"

我爱你，米列娃。我深深地爱慕着你。

他兴高采烈地回到苏黎世，直奔平坦大街，迎接他的却是晴天霹雳。米列娃的房东约翰娜·巴赫托尔德（Johanna Bachtöld）开了门。

"来看米列娃？"她问。

"是的。"

"她走了。"巴赫托尔德女士说。

"她怎么了？"

"她走了。她已经放弃了学业。"

"她去哪儿了？"

"回匈牙利了。"巴赫托尔德女士说。

"回去多久？"

"我也不知道。可能不会再回来了。"

四周过去了，米列娃杳无音信，这让人困惑不已。

阿尔伯特猜想，她一定是回到了匈牙利的家中——苏黎世以东 1000 公里的卡奇镇（Kac），回到他们家的尖顶别墅里，那是米列娃出生的地方。

她是一个聪明、喜怒无常的孩子，尽最大的努力去掩盖出生时脱臼的髋骨。她学习弹钢琴，也尝试着跳舞。

她的父亲说她跳舞的样子让他想到受伤的小鸟。她同阿尔伯特的求学经历相似——上学的地点来回变动，成长轨迹呈细长的蜘蛛网状。作为一名公职人员，她父亲的任命和派驻意味着她要在鲁马上小学，然后转去诺维萨德的塞尔维亚高级女子学校，接下来又是斯雷姆斯卡米特罗维察市的实验中学，以及沙巴克和萨格勒布的其他学校。她对数学产生了强烈的兴趣，这种热爱指引着她来到苏黎世，来到苏黎世联邦理工学院，来到阿尔伯特身边。现在呢？她回家了。

她究竟为什么回家仍然是个谜，或许她自己也搞不清原因。她没有和阿尔伯特联系。阿尔伯特也没有联系她，或者更确切地说，是无法和她取得联系。

她再一次开始旅行，向西到达海德堡，并在里特尔酒店订了一个房间。

她向菲利普·莱纳德（Philipp Lenard）做了自荐。莱纳德刚被任命为海德堡大学理论物理系的教授，也是阴极射线管发展方面的先驱。阴极射线管里的阴极射线在荧光屏上呈现出一个发光图像。

回到苏黎世，阿尔伯特在她的朋友圈中做了一些卓有成效的调查工作，进而找到了她的下落。

他给她写信，让她联系自己。她的回信过了好久才来。当阿尔伯特收到回信时，他兴奋地打开信封。他的心上人写道：

　　我本来要立即给你回信的，感谢你不辞辛苦地写信给我，这或许能够报答你在我们一起徒步旅行时表现出的对我的喜欢和欣赏，但你说我应该在感到无聊时才给你写信。我非常听话（问问巴赫托尔德女士就知道了）。我左等右等，等着无聊降临，但直到今天我的等待都是徒劳的，而我也不知道该怎么做了。一方面，我可以等到时间的尽头，可这样你就会觉得我是个没教养的人；另一方面，我仍然不能问心无愧地写信给你。

　　正如你所听到的那样，我最近在美丽的内卡河谷中的德国橡树下四处走动。遗憾的是，内卡河正羞答答地把自己的魅力遮掩在浓雾里，无论我如何睁大眼睛，能看到的只有无边的荒凉和灰暗。

　　爸爸给了我一些烟草，我要亲自把它们拿给你。他渴望激起你对我们这渺小的不法之地的欲望。我把关于你的一切都告诉他了，你以后一定要和我一起回来，你们俩真的会有很多话要说！但我不得不充当口译员的角色。我不能寄送烟草给你，因为倘若你需要为此缴付税金，那么你就要咒骂我和我的礼物了。

　　昨天，莱纳德教授讲的课真是太有趣了；今天，他正在讨论气体动力学理论。氧分子的运动速度似乎已超过每秒400米，但在反复计算多次之后，莱纳德教授建立了方程，包括微分方程、积分方程和替代方程，最终表明我们所讨论的氧分子确实在以这种速度运动，只是它们移动的距离只有一根头发直径的 1/100。

祝好，爱你的米列娃

米列娃考虑返回苏黎世。

对于她的这一决定，她父亲的唯一顾虑在于十八岁大的阿尔伯特："我知道，他对你的欣赏和喜爱绝非在于你的着装和打扮，这让你很开心。但他总是丢钥匙，经常把行李箱落在火车上。你比他大四岁，这样的年龄差距是相当大的。"

"也许吧，"她说，"但我们志同道合。我能跟他聊得来，他对我也有相同的感觉。"

"他的工作前景如何？"

"爸爸，他以后会在某个地方找一份当老师的工作。他的家人经济实力也还可以。"

"米列娃，你爱他吗？"

"是的，爸爸。我爱他。"

"你已经表现出来了。"

阿尔伯特像朋友一样给她写信："亲爱的小姐。"然后他戏称她为"亲爱的多莉"。她称他为"约翰尼"。

"如果没有你，我就对自己毫无信心，"阿尔伯特写道，"对工作也没有热情，生活更没有乐趣可言，总之，如果没有你，我的人生就不足道为人生。要是你能来这里和我一起待会儿，那该有多好啊！我们理解彼此黑暗的灵魂。"

后来，有了米列娃的消息，说她甲状腺肿大，由于甲状腺体异常增长导致脖子前面长了一个大肿块。

这个消息把阿尔伯特的父母吓到了。他们说，米列娃明显是个有残疾的怪人。父母的侮辱让阿尔伯特感到很难过。

米列娃独自在河岸边和森林里散步打发时间。阿尔伯特送给她一本马克·吐温的《流浪汉在海外》，这让她非常开心。书中他画出来——

在德语里，表示"年轻女子"的词，从词性来讲是中性名词，而表示"芜菁"的词却是一个阴性名词。想一想，这种区别表现了他们对芜菁是多么尊敬，对女孩又是多么冷漠无情、缺乏敬意。看看它在书中是如何体现的，我从德国主日学校最好的教材中找到一段对话并把它翻译出来了：

格雷琴问："威廉，芜菁在哪儿呢？"

威廉说："她去厨房了。"

格雷琴问："那位既有才又美丽的英国少女在哪儿呢？"

威廉说："它去歌剧院了。"

她独自一人去上课，去图书馆读书或者到莫拉斯宫参观选帝侯考古艺术博物馆。

她感到非常孤独，因为她与阿尔伯特相距太远了。她一直想念着他。于是，她回到了苏黎世。

阿尔伯特和米列娃都选择写关于热传导的毕业论文。总分是6分，阿尔伯特得了4.5分，米列娃得了4分。他通过了期末考试，在五个人中排第四。米列娃没有通过，并打算在十二个月后重考。他凭着理工学院的学历能到中学教数学和科学——如果他愿意的话，但他不想这样。阿尔伯特把目光锁定在一份工作上。韦伯阻挠了他，这使得他们的关系破裂了。阿尔伯特和他母亲的关系也越来越紧张。波琳写道："你是应该有个妻子，但当你三十岁的时候，她就成了老太婆。如果她怀孕了，你就真的一团糟了。"阿尔伯特回复说，他们并没有"非法同居"。

他们非常缺钱，只好通过担任私人教师来养活自己。阿尔伯特申请了位于莱顿、维也纳和柏林的职位。但他寄出的大部分信件都没有得到回复。

阿尔伯特确信是韦伯在从中作梗。

"给教授们写再多的信都没有意义。"他对米列娃说。

"但是你必须这么做。"

"韦伯只会再给他们一份不好的推荐信。我都快把从北海到意大利南端的所有物理学家教研室的工作都申请遍啦。"

米列娃变得沉默寡言，她的喜怒无常和沮丧消沉引起了朋友们的担忧和关注，尤其是阿尔伯特。他赞美她的衣服和头发，为她演奏莫扎特的曲子，但都无济于事。她痴迷于自己的工作，痴迷于科学真理。

他建议换换环境，提出要带她度过一个田园式的秘密假日。

"我不确定，"她表情严肃地凝视着他，"我有工作要做。你也是。而且科莫全都是些带着贴身女仆、穿着令人窒息的紧身胸衣的女人。"

"我们不用理会她们。你会爱上那里的美食。"

"你是怎么知道的？"

"你跟我说过你喜欢吃鱼。"

"我说过吗？"

"你说过你喜欢鲈鱼。"

米列娃笑了笑。

"我们会吃一道传统菜肴，叫作意大利调味饭，是由白酒、洋葱、黄油和大米做成的。我们可以追追时髦，在皑皑白雪覆盖的山峰下用餐。"

"你决定带我去？"

"是的。"

"那好吧。"

科 莫

1901 年 5 月 5 日，星期日，他一大早就满怀期待地在科莫圣乔凡尼车站等着她。

在贝拉吉奥湖畔，阿尔伯特问她："你最喜欢的书是什么？"

"Vasilije Damjanovic´ 写的《第一本塞尔维亚数学书》（*First Serbian Mathematics*）。"

"你最崇拜的人是谁呢？"

"亚历山大大帝。"

"亚历山大大帝？"

"因为他热爱科学研究和医学。"

"你最喜欢的地方是哪里？"米列娃问道。

"银河系。太空。我的宇宙空间。"

这是能让他摆脱恐惧的地方。

他们在科莫大教堂里探索，这是意大利最后一座哥特式教堂。

他们臂挽臂地溜达着，满心好奇地穿过卡洛塔庄园的花园，徜徉在杜鹃花和热带植物以及雪松、红杉和巨大的悬铃树丛中。

他们在塔多里尼（Tadolini）制作的雕塑家卡诺瓦（Canova）的《爱神和赛姬》复制品前拥抱，然后在一家小旅馆里一起过夜。第二天，他们租了一辆雪橇，裹着外套和披肩向山里走去。

阿尔伯特接受了瑞士北部城市沙夫豪森的一份私人教师的工作。

米列娃独自一人住在莱茵河边的施泰因市，两人相距19公里左右。阿尔伯特每周过去看她一次。他发现她正承受着巨大的情感压力，一方面是因为他们分居两地，另一方面是缘自他家人对他们关系的反对。他的母亲顽固地宣称自己不会和米列娃有任何关系。

在夏日的一个雨天，阿尔伯特和米列娃一起坐在咖啡馆里，俯瞰着莱茵河。此时，他觉得她特别快乐，并对她说了许多称赞的话。

"你看起来很开心，也很健康。"

"是的。"

"我很幸运找到了你，一个在各方面都与我势均力敌的人。"

她伸出手来握住他的手："阿尔伯特，摸摸我的肚子。我们将会是一家三口了。"

阿尔伯特直挺挺地坐着，脸上绽开了笑容，想说的话卡在喉咙里。

然后他摇摇晃晃地站起来，抱着米列娃哭了起来："我们的孩子将会是个女孩。"

"你不知道。"

"我知道。我们就叫她丽瑟尔。我们要保守这个秘密。"

"这也是我想做的。我会回到诺维萨德的家中，把孩子生下来。"

他们手拉着手，眼含笑意，还有泪水。

阿尔伯特一获得瑞士国籍就在温特图尔市的一所高中找了份代课教师的工作。这所学校叫作温特图尔工艺学校，距离市中心16公里。他的工作要占用上午六个小时的时间，其余的时间里他都在家工作。不久，他改变了主意，回复了某教师杂志上的一则招聘广告，要"帮助一名学生准备沙夫豪森市雅各布·努艾仕实科中学（Jakob Nüesch Realschule）的考试"。没人会主动给他一份工作，这时他不得不正视这一事实。

"谁知道呢，"他说，"说不定我得在街上拉小提琴讨生活。"

1902年，马塞尔·格罗斯曼带来了好消息。他说服现年

伯尔尼

二十三岁的阿尔伯特到伯尔尼的瑞士国家专利局担任三级技术专家，年薪是 3500 法郎，还算不错。阿尔伯特每周要在伯尔尼的邮政电报大楼里工作六天，每天从早上 8 点到下午 4 点。

"毫无疑问，"阿尔伯特写信给米列娃说，"你很快就会成为我的快乐小爱人了，就看着吧。现在我们的烦恼已经结束了。只有当这个可怕的负担不再压在我肩上时，我才意识到自己真的非常爱你。不久，我就能把我的'多莉'抱在怀里，在全世界面前宣告她是我的了。我们将一起从事科学研究，这样我们就不会一辈子碌碌无为了。"

他刚找好房子就收到了来自米兰的坏消息，据说他父亲的身体每况愈下。

阿尔伯特发现五十五岁的赫尔曼患有心脏病，而且已经病入膏肓了。

　　阿尔伯特请求他的父亲同意他娶米列娃为妻。他完全没有把握赫尔曼会同意，这是爱因斯坦家族第一次娶一个非犹太人。尽管如此，就在去世前三天，赫尔曼还是同意了。他要求家人离开房间，这样他就可以独自死去。

　　阿尔伯特感到十分愧疚——父亲死的时候，他没有陪在身边。

　　米洛斯·马里奇（Milos Maric）是米列娃的父亲，他是塞尔维亚陆军军官兼法官，他认为自己女儿的处境至少可以说是比较尴尬的。她的孩子可能会被交给亲戚们照看，或者是被收养。在世纪之交的瑞士，非婚生子之人毫无立足之地。阿尔伯特意识到，事实上米列娃也认为，局面对他们不利。在苏黎世联邦理工学院读书时，他就以傲慢、不礼貌和缺乏敬意而出名。他疏远了他所需要的支持者。米列娃是斯拉夫人，他是犹太人，他们两人结合，还有个私生子，这对他的前途而言简直就是压垮骆驼的最后一根稻草。由于双方家人都反对他们，阿尔伯特和米列娃一起陷入了孤立无援的境地。

　　伯尔尼这座城市给了阿尔伯特些许安慰。阿勒河环绕四周，有拱廊、喷泉和鹅卵石街道，一副 15 世纪城市的面貌。阿尔伯特说，它是"一座古老、精致、舒适的城市，在这里生活正如在苏黎世一样"。

他在位于老城区的正义大街上找到了一个房间。正义大街和位于市中心的克拉姆大街，都被汉斯·吉恩（Hans Gieng）所创作的喷泉雕像也就是正义喷泉上的正义女神像守护着。在这座被蒙住眼睛的雕像下，5.6英尺高的阿尔伯特显得更加矮小了。

正义女神右手拿着正义之剑。

"你喜欢这座雕像吗？"米列娃问道。

"是的，只要她像你我深爱彼此这样热爱正义。"

米列娃的父亲给阿尔伯特发来消息，说米列娃生下了一个小女孩，叫丽瑟尔。

"她健康吗？"阿尔伯特写信给米洛斯，"她的眼睛长什么样？她长得更像我们两个中的谁？谁在给她喂奶？她会不会饿着？她肯定没有一点头发。我是如此地爱着她，但竟然还没见过她！"

但是阿尔伯特仍然留在伯尔尼。他没有向任何人说起过丽瑟尔，尽管他说自己深深地爱着这个孩子。

米列娃神秘地对阿尔伯特说："我认为我们不应该公开关于丽瑟尔的任何事情。"

他还有其他事情要忙，因此也没有反对。

索洛文、哈比希特和阿尔伯特

　　莫里斯·索洛文（Maurice Solovine）是哲学系的学生，康拉德·哈比希特（Conrad Habicht）是银行家的儿子，阿尔伯特跟他们讨论科学哲学。他们自称为"奥林匹亚科学院"。

　　他们一起阅读了塞万提斯（Cervantes）的《堂吉诃德》（*Don Quixote*）、索福克勒斯（Sophocles）的《安提戈涅》（*Antigone*）、休谟（Hume）的《人性论》（*Human Nature*）、恩斯特·马赫（Ernst Mach）的《力学》（*The Science of Mechanics*）和《感觉的分析》（*Analysis of the Sensations*）、斯宾诺莎（Spinoza）的《伦理学》（*Ethics*）和庞加莱（Poincaré）的《科学与假设》（*Science and Hypothesis*）。这些书构成了阿尔伯特科学哲学体系的源泉。

　　他们三人成了最亲密的朋友。有一次，索洛文因决定去听音乐会而不得不错过一场计划在他公寓进行的会面。他为阿尔伯特和哈比希特留好晚饭，并附上便条："亲爱的朋友们，请吃鸡蛋，并致敬意。"到了之后，阿尔伯特和哈比希特重新布置了房间，变动了家具、书籍、盘子、杯子、刀叉和勺子的摆放位置，还在房间里抽烟，烟草味充斥着整间屋子。他们留言："亲爱的朋友，请尝浓烟，并致敬意。"后来，三个人都觉得这件事非常有趣。

*

索洛文和哈比希特推断米列娃有了孩子。对他们来说，根据所见所闻做出推断并不难。只要用眼睛看看就知道，她明显已经生过孩子了。但是为什么阿尔伯特不去塞尔维亚看这个孩子呢？也许他已经被送出去领养了？又或者他染上猩红热死了？如果是后者的话，那么阿尔伯特或者米列娃很有可能会说些什么的。

索洛文和哈比希特都认为，就这个话题询问阿尔伯特或者米列娃都不太合适。毕竟，对这种事情要怎么开口问呢？

他们想起毕达哥拉斯所说的："要么保持沉默，要么说些比沉默更有价值的话。"

于是，他们决定不提起这个话题。

距离他们首次见面已经过去六年多的时间，自丽瑟尔出生也过去了十二个月，终于，1903 年 1 月 6 日，星期二，索洛文和哈比希特召开"奥林匹亚科学院"特别会议，两人见证了阿尔伯特和米列娃在伯尔尼登记处登记结婚。波琳当时不在现场。阿尔伯特是爱因斯坦家族第一个娶了非犹太人为妻的人。仪式很简单。

阿尔伯特、米列娃、索洛文和哈比希特在酒吧和咖啡馆度过了接下来的时间，他们喝着酒，吃着香肠和冰激凌。阿尔伯特还演奏了小提琴。

爱因斯坦夫妇回到他们位于阿勒河右岸蒂利尔大街（Tillierstrasse）18号的阁楼公寓，却发现阿尔伯特把钥匙弄丢了，因此不得不去打扰另一个住户，这才进了门。

接下来的一个月里，他们两人都患上了流感。此时，流感已席卷瑞士，在伯尔尼，已经有18,000人因此死去。

阿尔伯特向贝索吐露："我现在是个已婚男人，和我的妻子一起过着舒适惬意的生活。她每件事情都做得很好，厨艺也不错，而且总是热情洋溢。"

米列娃写信给一位朋友说："如果可能的话，我比在苏黎世时更喜欢自己的爱人了。他是我仅有的伙伴、交往的对象，当他在我身边时，我感到最幸福。"

阿尔伯特曾试着接受资产阶级的生活习惯，但没能成功。

在专利局同事约瑟夫·索特（Josef Sauter）博士的提议下，阿尔伯特申请加入伯尔尼自然历史学会以寻求慰藉。该学会设在斯皮塔尔街21号的斯托欣酒店（Hotel Storchen）。阿尔伯特喜欢该学会的这些人以及他们的谈话和讨论。在5月2日的学会备忘录里，秘书记下："专利局的数学家阿尔伯特·爱因斯坦先生的会员资格被批准了。"

1903 年 12 月 5 日，阿尔伯特第一次在学会举办了关于电磁波理论的讲座。

米列娃、阿尔伯特和汉斯·阿尔伯特，1904 年

经过艰难的妊娠期，1904 年 5 月 14 日，米列娃在克拉姆大街 49 号生下了他们的第一个儿子汉斯·阿尔伯特。阿尔伯特和米列娃十分宠爱这个孩子。阿尔伯特和儿子一起欢笑，在儿子洗澡时和他玩耍。米列娃也逐渐适应了家里的日常事务。

阿尔伯特成了专利局一名比较受欢迎和尊敬的员工。他被终身聘用，同时他和米歇尔·贝索（Michele Besso）建立了亲密的友谊。了解物理学的人都知道，过去、现在和将来之间的区别是一种错觉，他们共享着由此获得的满足感。阿尔伯特逐渐恢复了对生活的信心，重新充满能量。

　　而在米列娃身上，情况恰恰相反。她越来越喜怒无常，甚至忌妒阿尔伯特的工作。尿布的臭味和炉火的浓烟充斥着整个公寓，这里冬天寒冷，夏天炎热，气味难闻。阿尔伯特用火柴盒和细绳子为小阿尔伯特建造玩具车，讲故事逗孩子开心，用小提琴为孩子演奏摇篮曲。他一只手抱着小阿尔伯特，把他放在自己的膝盖上，另一只手写字。米列娃不再是阿尔伯特科学上的亲密伙伴，她主要是做些厨师和保姆的活儿。她害怕孤独，害怕没有陪伴，害怕分离。她渴望能有人和她聊聊天。

　　她坐在楼上的窗户前，看着克拉姆大街上的人来人往和楼下餐厅"容克之家（Zum untern Junker）"里高高兴兴的顾客们。从 200 米外的钟塔传来报时的钟声，时间在缓缓流逝。

三

1905 年
爱因斯坦奇迹年

阿尔伯特水汪汪的眼睛里露着一丝顽皮，他告诉我，当他和米列娃搬进伯尔尼旧城区中心克拉姆大街 49 号狭促的公寓三楼时，他实在无法料到 1905 年将会成为自己人生中最不平凡的一年。他鲜为人知的公务员朋友们同样无法预料到。

——咪咪·蒲福，普林斯顿，1955 年

伯尔尼专利局一片静谧，二十六岁的阿尔伯特坐在凳子上，浓密的头发罩在他大大的脑袋上。他身上的粗花呢夹克衫和裤子都又短又破，脚上也没穿袜子。他抽着廉价的威利雪茄，冒出的烟雾悬在空气中。他把时间全用来给《物理学年鉴》写评论和论文了。这是德国最有声望的物理学期刊。

1905 年 3 月，他创立了一种理论，提出光是由微小粒子组成的，并把这些微小粒子称为"光子"，而宇宙是由不同的物质和能量构成的。

在随后的四月和五月里，他在《物理学年鉴》上发表了两篇论文。

原子和分子的运动引起了激烈的科学争论。恩斯特·马赫教授和威廉·奥斯特瓦尔德（Wilhelm Ostwald）教授都是抨击阿尔伯特思想的人。尤其是奥斯特瓦尔德主张热力学只涉及能量和其在日常世界里如何转化的问题。他同马赫一致认为热力学定律不一定要建立在力学的基础上，因为热力学认为存在处于运动状态下的不可见原子。

阿尔伯特不会让任何争论妨碍自己。随后，他描述了一种新的方法来计算和确定给定空间中原子或分子的大小。在接下来的论文里，他把热分子理论应用于液体，解释了所谓的布朗运动之谜。1827 年，苏格兰植物学家罗伯特·布朗（Robert Brown）把花粉悬浮在水中，发现大量的花粉在做不规则运动。

阿尔伯特认为，当我们看到微小但可见的粒子悬浮在液体中时，液体中的不可见原子撞击悬浮粒子，引起了悬浮粒子的晃动。

他十分详尽地解释了这种运动，并预言在显微镜下可以看到粒子在做不规则的随机运动。

五月，他写信给康拉德·哈比希特，许诺要给哈比希特寄送四篇革命性的论文。哈比希特在瑞士希尔斯（Schiers）新教徒教育学院（Protestant Educational Institute）担任数学和物理学教师。

第一篇论文讲的是辐射和光的能量特性，非常具有革命性。第二篇论文探讨的是如何测定原子的真实大小。第三篇论文证明了液体中大小为 1/1000 毫米数量级的悬浮颗粒一定在做某种由热运动引起且可被观测到的随机运动。这种运动……实际上已经被生理学家观察到了，并被称作布朗分子运动。第四篇论文目前还只是草稿，它运用修正后的时空理论来论述动体的电动力学。

这篇写于六月份的"非常具有革命性"的论文堪称他研究论点的指南。宇宙是由什么构成的，原子还是电子？空间和时间是神秘的，更确切地说，是难以捉摸的。

"根据这里要考虑的假设，当光线从一个点发出时，能量不是持续在一个不断增长的空间里分布，而是由一定数量的能量量子组成，这些能量量子处在空间里的不同方位点上，它们只能以完整的单位形式被产生和吸收。"

他几乎不指望人们能理解他的论点。

"我想知道上帝是如何创造这个世界的……其他问题都是细枝末节。我真正感兴趣的是上帝能否换种方式来创造世界，也就是说，对逻辑简洁的必要性是否还留有余地。"

他疯狂地工作，运用相对论提出了质量（m）和能量（E）间的方程关系。简单地说，他发现当物体移动速度接近光速（c）时，物体的质量会增加。随着物体移动得越来越快，物体也变得越来越重。假定物体是以光速运动（这是不可能发生的），那么它的质量和能量则是无穷大的。

最终，他的第五篇论文也是他的博士学位论文完成了，标题是《分子大小的新测定法》。

阿尔伯特的质能方程 $E=mc^2$ 首次表明了质量和能量之间的等价关系是一种普遍原理，也是空间和时间对称的结果。

不止米列娃一个人在问："如果你的相对论遭到驳斥会怎样？"

"如果那样的话，我不得不为上帝感到难过，因为这个理论是正确的。"

阿尔伯特、米列娃和汉斯·阿尔伯特搬到伯尔尼市贝森·朔伊尔路（Besenscheuerweg）28 号一套更大的公寓里，距离古尔腾山不远。

一个多月以来，阿尔伯特在专利局和家里的油灯下疯狂地工作。当然，除了记录研究数据，他没有多余的时间来记录自己的思想发展历程。

他十分享受地探求着物质、能量、运动、时间和空间的本质，对眼下是几点、星期几和几号似乎都没有注意到："当我完全享受做某件事情时，就不会注意到时间的流逝。"

"这就是你总会晚归的原因吗？"米列娃问。

"我并不总是晚归。"

"一直都是。"

他决定把博士学位论文提交给苏黎世大学实验物理学系的阿尔弗雷德·克莱纳（Alfred Kleiner）教授。克莱纳印象深刻："要完成的论证和计算是流体力学中最困难的。"数学系的海因里希·伯克哈特（Heinrich Burkhardt）教授也觉得他了不起："这种论述方式表明他基本掌握了相关的数学方法。我发现自己所检查的东西无一例外地正确。"然而，克莱纳却说这篇论文太短了。阿尔伯特只加了一句话就重新提交了，然后论文就被接受了。阿尔伯特现在可以称自己为爱因斯坦博士了。

那年夏天，爱因斯坦博士和爱因斯坦夫人带着汉斯·阿尔伯特一起去诺维萨德旅行。

阿尔伯特参观了马蒂察·斯尔普斯卡中心（Matica srpska），

这是塞尔维亚最古老的文学、文化和科学研究机构，1826 年成立于佩斯特（Pest)，1864 年迁到诺维萨德。斯尔普斯卡的图书馆馆藏量接近 300 万册，这里的艺术画廊也是诺维萨德最大且最有声誉的一家。阿尔伯特深深地被吸引了。

令阿尔伯特感到吃惊和喜悦的是，米列娃的家人热情地欢迎他们的到来。对于阿尔伯特认为米列娃和他一样聪明，米列娃一家很受感动。

阿尔伯特背着笑个不停的儿子穿过街道，就好像赢了一座奖杯似的。对于他所失去的孩子丽瑟尔的命运，他感到焦虑不已，但从不表露出来。她是不是死于猩红热，成为这场瘟疫的又一个受害者，而尸体也被焚化了？或者她还活着，只是不幸地患上了某种残疾？阿尔伯特对此保持沉默。这个女孩的命运依然是个谜。

回到伯尔尼，阿尔伯特被提为专利局的二级技术专家。他的年薪涨到 4500 法郎，于是他们又搬家了，这次搬到了阿格腾大街（Aegertenstrasse）上一栋木质架构的房子里，街道两侧绿树成荫，还能俯瞰阿勒河。

他非常想念远在巴黎的索洛文。他写信给索洛文说："我在政府里做着舞文弄墨的苦差事，偶尔会拉拉小提琴，业余爱好则是研究物理学和数学。"

每逢星期日，阿尔伯特和米列娃就在家里安排非正式的聚会，到场的有米歇尔·贝索和他的妻子安娜，以及正在伯尔尼攻读博士学位的玛雅。

阿尔伯特依然没有忘记在阿劳期间萌生的梦想，然而，他同时也承受着对于玛丽感到愧疚的折磨。玛丽曾经对他多么温和宽容，而他带给她的却只有悲伤和痛苦。

相比对米列娃的感情，对远方的爱人、老师们的思念和遐想更能触动他。此时米列娃深深地爱着他，他却与她保持着一定的距离。表达爱意不是他的习惯，这些表达正像他所鄙夷的资产阶级生活方式那样束缚着他，甚至更甚。对于发疯的恐惧潜伏在他心中的某个地方。

保罗·温特勒（Paul Winterer）的弟弟朱利叶斯（Julius）从美国回来后，由于精神错乱开枪打死了自己的母亲和姐夫，然后开枪自杀，这则消息加剧了阿尔伯特的恐惧。

阿尔伯特想到了米歇尔·贝索，他的弟弟马尔科（Marco）在十八岁时自杀了。

阿尔伯特的观点是："如果你想过上幸福的生活，就把幸福寄托在一个目标上，而不是具体的人或者物上。"

然而，这并不能帮助他很好地面对关于玛丽的最新消息。由于他们的分手，玛丽患上了急性抑郁症和精神失常，医生们把她关在伯尔尼的瓦尔道诊所里。

戈特利布·布尔克哈特医生

　　阿尔伯特打听了关于这个诊所的消息，发现一位叫戈特利布·布尔克哈特（Gottlieb Burckhardt）的医生正在瓦尔道进行脑叶切断术的实验性手术，这是一种解决精神分裂症的精神外科手术。布尔克哈特对6个病人做了脑叶切断术，成功率为50%。阿尔伯特祈祷布尔克哈特不会对玛丽做此手术。

　　他用埋头工作来逃避现实，写了更多的论文和评论。回到家里，他痴迷于和小阿尔伯特玩游戏——玩抽陀螺和跳舞的泰迪熊。

　　这些游戏让阿尔伯特和小阿尔伯特都着了迷。父子俩还对神奇的幻灯表演感到欣喜。阿尔伯特买了一台由纽伦堡的恩斯特·普朗克（Ernst Planck）制作的荣耀牌放映机，并成了一名熟练的放映员；令小阿尔伯特高兴的是，快速移动幻灯片可以让屏幕上的图像看上去也跟着在移动。

阿尔弗雷德·克莱纳

正式推荐阿尔伯特加入苏黎世大学的任务落在了实验物理学教授阿尔弗雷德·克莱纳（Alfred Kleiner）的身上。

克莱纳毫不怀疑阿尔伯特的能力："自从爱因斯坦开始研究相对论，他便被认定为最重要的理论物理学家之一。"

克莱纳预感到反犹人士将会阻挠阿尔伯特的任命。

教师委员会记录如下：

我们的同事克莱纳所做的表述是基于他们数年的私人交往经历，这对于教师委员会及全体教职员工来说都格外珍贵，因为爱因斯坦博士是一个犹太人，而学者中的犹太人恰恰有各种稀奇古怪、令人不悦的性格特征（在许多情况下并不全是没有根据的），比如打扰别人、粗鲁无礼和以商店老板的心态对待他们的学术工作。然而，也有些犹太人丝毫没有沾染这些令人不快的特征，所以，不能仅仅因为这个人恰好是犹太人就取消他的资格。事实上，人们有时会发现，非犹太学者中也有一些人以商业化的态度对待他们的学术职业，将其作为赚钱的工具，并表现出一些通常被认为是犹太人专属的特征。因此，教师委员会以及全体教职员工都认为，这种把反犹主义作为一项政策来执行的做法与自身的身份和尊严不相匹配。

阿尔伯特不知道委员会是怎么说的，但他得知其中有 10 人投票支持他，1 人弃权。

他感到反犹主义思想在学术生活和社会生活的表面之下暗潮涌动。当他听说苏黎世大学提供的薪水比他在专利局得到的薪水少时，他拒绝了这份工作。

后来，苏黎世大学提出了更高的薪资待遇，这次他接受了。"所以，"他告诉和他通信的波兰物理学家雅各布·劳布（Jakob Laub），"我也成了'娼妓协会'的正式会员。"

* * *

在苏黎世，他们的工资几乎达不到家庭预算的要求，因此，米列娃招了房客。

现在最主要的是阿尔伯特已经进了学术界。那么,应该能稳定下来了。

他的名声正在传播开来。谁能想到在不久的将来,情况会是如此不同——在接下来的五年时间里,阿尔伯特将在几个不同国家的三所大学和苏黎世联邦理工学院之间来回穿梭。

"我无法告诉你,"米列娃写信给一位朋友说,"因为眼下发生的这些变化,我们是多么高兴。阿尔伯特不必每天八小时都待在办公室里,现在他能够全身心地投入到自己挚爱的科研事业中,而且只有科研。"米列娃还接着说:"如今,他被认为是德语世界最优秀的物理学家之一,他们给了他很多荣誉。我为他的成功感到欣喜,因为这的确是他应得的;我只希望名誉不会对他的人性产生不好的影响。"

他的信件不断增多。整个欧洲的物理学同行们都想要拜访他。

他的讲座很受欢迎。阿尔伯特说话幽默风趣、轻松友好,充满了堂吉诃德式的空想,而且不需要讲稿。他允许听众们在不理解某个观点时打断自己,他甚至也会打断自己的讲话来照顾听众的感受。

他喜欢做个瑞士公民。他喜欢瑞士。他总是需要安静地思考,同时要有纸和笔在手边。偶尔,他也去附近的湖扬帆航行。他的生活就像小阿尔伯特的陀螺一样在不停地运转着。

苏黎世自然科学学会推选他为会员。除了物理学,学会还致力于博物学和数学的研究与发展。

后来，他收到了布拉格的德国大学的一个职位邀请——这所大学的理论物理学主席的职位正空缺着。这意味着他将成为一名正教授，并获得相应的薪水。

与此同时，米列娃第三次怀孕了。

1910年7月28日，爱德华·爱因斯坦（Eduard Einstein）出生了。这次分娩十分困难，之后米列娃身体虚弱，很不舒服。她的医生让阿尔伯特花钱雇个用人，但是阿尔伯特与医生起了争执，言语中夹杂着粗话，而米列娃则站在了阿尔伯特这边："难道您看不到我的丈夫在拼命工作吗？"

"您需要帮助。"医生对她说。

最后，意见达成一致——他们让米列娃的母亲从诺维萨德过来帮忙操持各种家务。

米列娃变得越来越抑郁了。

她向阿尔伯特吐露："你知道，我渴望拥有爱情。如果我能听到你积极回应我的爱，那么我会欣喜若狂，并几乎愿意相信现在这一切都是因为该死的科学，这样我也会很乐意接受你对科学事业的重视。"

她敏锐地意识到自己失去了什么。她作为物理学家的生涯结束了，丽瑟尔也不在了。他们丢掉这个孩子后，她又被别人收养了吗？她下落不明，也不知道是死是活。不管表面上还是内心里，阿尔伯特都拒绝提起这个话题。丽瑟尔的命运是他不愿面对的噩梦。幸运的是，小阿尔伯特是快乐的。而且，现在至少还有二儿子泰特（Tete）④。

阿尔伯特给远在柏林的母亲写信："沉湎于那些让我们感到沮丧或者愤怒的事情并不能帮助我们战胜它们。必须要独自打倒它们。我很可能会获得一所综合性大学的正教授职位，薪资也比我现在的好得多。"

他逐渐对不间断的长时间旅行产生了兴趣。为了满足这一兴趣，他决定去拜访自己的两位偶像，亨德里克·洛伦兹（Hendrik Lorentz）和恩斯特·马赫（Ernst Mach）。1902 年，洛伦兹和荷兰同事皮耶特·塞曼（Pieter Zeeman）因发现塞曼效应共同获得了诺贝尔物理学奖："为表彰他们研究磁力对辐射现象的影响做出的非凡成就。"恩斯特·马赫是首位研究超音速运动的物理学家，他对牛顿时空概念的批判和驳论为阿尔伯特的相对论研究提供了灵感。

1911 年，阿尔伯特到维也纳拜访马赫。七十多岁的马赫已经成了一名真正的隐居者，他部分瘫痪，几乎完全失聪。"让我们做个假设，"阿尔伯特大声喊道，"假设气体中存在原子，

---

④ 译注："泰特"是爱德华·爱因斯坦的昵称。

这样我们就能够预测这一气体的某种可观察到的特性，但这种特性在非原子理论基础上是不可预测的，那么您会接受这种假设吗？"

"这个假设或许太简洁了。"

阿尔伯特把马赫的回答视为认同。

和亨德里克·洛伦兹在一起

阿尔伯特早就对亨德里克·洛伦兹钦佩不已。世界各地的理论物理学家们把这位来自荷兰的自由思想家视作物理学的灵魂人物。正是洛伦兹为量子论产生积极影响铺平了道路。阿尔伯特用了许多洛伦兹的数学工具、概念和成果来构建狭义相对论。"没有谁像我这样钦佩这个人了，"他告诉劳布，"我甚至会说——我爱他。"阿尔伯特和米列娃到莱顿拜访洛伦兹，在那里，他们和洛伦兹及其妻子阿莱塔住在一起。

阿尔伯特着迷于洛伦兹的人格魅力和热情款待，视他如父亲一般。他头脑清晰，慷慨大方，乐于提出建议，帮助阿尔伯特纠正哪怕是最细微的细节问题。阿尔伯特认为洛伦兹的思想"如艺术品般美丽"。

阿尔伯特被他所面临的各种机遇搞得头晕目眩。他决定到布拉格查理大学任职，却发现苏黎世的教师们都很想留住他。他们发起请愿："爱因斯坦教授有着惊人的天赋，能把理论物理学中最难的问题讲述得如此清楚、全面，因此，对我们来说，听他讲课是一种极大的乐趣。而且，他也很擅长与听众建立融洽的关系。"

苏黎世大学甚至提出为他加薪 1000 法郎。这是一个诱人的工作机会，但他还是拒绝了。于是，全家人又搬到了布拉格。

布拉格

他们住在位于莫尔道河左岸的斯密托夫区特拉比斯科侯大街

（Smichov, Trebízského）1215 号的一套新公寓里。他步行上班需要二十分钟的时间。

"这所学校很棒，我在这里工作得很舒适。"他写信给贝索，"只是，这里的人对我来说是完全陌生的。"他讨厌日耳曼的官僚们，见到他们时，教师们都要点头哈腰。从他的办公室可以看到皇家郡精神病院。他告诉来访者："那些疯子不会忙于研究量子论的。"他与世隔绝地写他的论文。

他们在斯密托夫的公寓里用上了电；住家女佣也是个意外的福利。

他成了咖啡馆卢浮宫（Café Louvre）的常客——这是民族大街上的一家新艺术派咖啡馆，他在那里同马克斯·布洛德（Max Brod）和卡夫卡（Kafka）会面；或者，去位于老城广场的贝尔塔·芬达（Berta Fanta）沙龙，为知识精英们——包括哲学家鲁道夫·斯坦纳（Rudolf Steiner）和雨果·伯格曼（Hugo Bergmann）——演奏小提琴。

阿尔伯特很乐意与这些志同道合的思想家和科学家建立友谊，这其中有一位来自维也纳的年轻犹太物理学家——保罗·埃伦费斯特（Paul Ehrenfest）。阿尔伯特和米列娃很乐于在家里款待他。

阿尔伯特用小提琴演奏勃拉姆斯的曲子，埃伦费斯特为他伴奏，汉斯·阿尔伯特也跟着唱起来。

保罗·埃伦费斯特与阿尔伯特和汉斯·阿尔伯特在一起

　　埃伦费斯特简单介绍了自己的成长背景："我的父亲叫西格蒙德，在摩拉维亚洛什维茨区的一家羊毛厂做苦力。他和我母亲结婚之后就搬到了维也纳，开了一家食品杂货店。当地人反犹太人。我是五个男孩中年纪最小的，自幼体弱多病。"

　　"我经常怀疑，"阿尔伯特说，"是不是许多科学家在童年时期都不太健康。"

　　"应该反过来说，"米列娃说，"体弱多病的孩子更有可能成为科学家。"

　　"这个问题很有趣。"阿尔伯特说，"保罗，你几岁学会了读书、写字、算数？"

　　"六岁。"

　　"我更早。"

　　"别自吹自擂。"米列娃说。

　　"我的母亲二十年前死于乳腺癌，"埃伦费斯特说，"您母亲还活着吗？"

"是的。她四十八岁了。住在符腾堡。"

"阿尔伯特,她已经五十岁了。"

"是吗?五十岁了。亲爱的,我相信你的数学……那你的父亲呢?"

"他娶了一个和我大哥同样年纪的女人。"

"你呢?还在上学吗?"

"我很没用。1899 年 10 月,我考上了维也纳工业大学。从 1899 到 1900 年,我还听了玻尔兹曼讲授的热动说。两年后,我搬到了哥廷根,在那里见到了一个年轻的俄罗斯学生。她叫塔提亚娜·亚历山耶夫纳·阿法西耶娃(Tatyana Alexeyevna Afanasyeva),来自基辅,攻读数学专业。但是我不知道为什么她不参加数学俱乐部的会议。"

"因为环境不允许她这么做吧。"米列娃说。

"是的。所以我就抗议,让俱乐部改变了规则。然后与塔提亚娜结婚。正如质能方程 $E=mc^2$ 所示,物质的质量和能量紧密相连。"

阿尔伯特开怀大笑。

"我继续留在维也纳,但没有任何职位。1906 年 9 月,我返回哥廷根,希望能获得一个职位,然而还是没有。后来我才得知,玻尔兹曼在 9 月 6 日自杀了,这简直太可怕了。我为他写了讣告。他是自己上吊死的。"

"到底发生了什么？"阿尔伯特问。

"他带着妻子和小女儿艾尔莎在意大利的里雅斯特市附近的杜伊诺村里的普莱斯酒店度假，那里紧邻亚得里亚海。他本来计划第二天返回维也纳，开始讲授一系列关于理论物理学的课程，但是他害怕上课。于是，他趁着妻子和小女儿正在游泳的时候，回到酒店，在窗边找到了一根绳子，然后就在房间里上吊自杀了。后来是艾尔莎发现了她父亲的尸体。他似乎一直患有神经衰弱症。可是……自杀。艾尔莎吓得一句话也说不出来。"

泪水顺着阿尔伯特的脸颊流下来。

米列娃试图转换话题："你去了圣彼得堡？"

"那是1907年。"埃伦费斯特说，"我对反犹主义抱有复杂的感情。我和塔提亚娜合写了一篇关于统计力学的文章。我们花了很长时间才完成。当时，我到访德语国家的各个大学，希望能获得个职位。"

"我也做过类似的事情。"阿尔伯特说。

"我在柏林见了普朗克，在莱比锡见了赫尔格洛兹（Herglotz），还在慕尼黑见了索末菲（Sommerfeld）。后来，我又去了苏黎世。我在维也纳听说庞加莱（Poincaré）写了一篇关于量子理论的文章，得出的结果与我发表在《物理学年鉴》上的论文相似。然后，索末菲把我推荐给洛伦兹，接着我就来到莱顿大学继任洛伦兹的教授职位。"

埃伦费斯特拿出一张纸递给阿尔伯特。

阿尔伯特大声朗读："他讲课就像个大师。我几乎从来没有听过哪个人说话这么富有魅力和才华。意味深长的话语、诙谐机智的观点和辩证思想，他以一种非同寻常的方式信手拈来……他知道如何把最难的东西变得具体、直观而清晰。他用简单易懂的图来表达数学论点。"

"可能说的是我。"阿尔伯特说。

米列娃艰难地站起来："阿尔伯特，不要只是说你自己。"

米列娃让他们两人单独待着。阿尔伯特向埃伦费斯特详细地讲述了他为推广相对论所做的努力，并发现埃伦费斯特是个极佳的听众和参谋。

埃伦费斯特离开后，阿尔伯特将目光转向了柏林。他尽量打消自己对这个地方所持有的疑虑，因为物理学的未来似乎取决于柏林。然后，他把注意力转向了更为紧急的事情上——即将于布鲁塞尔召开的第一届索尔维会议。

第一届索尔维会议

1911 年 10 月 30 日至 11 月 3 日，在实业家欧内斯特·索尔维（Ernest Solvay）的赞助下，第一届索尔维会议召开了，这是科学史上的首次国际会议。它把欧洲最重要的物理学家聚集在一起，请他们就辐射和量子展开讨论。每名参会者会获得 1000 法郎的出席费。阿尔伯特为自己能够受邀参会感到无比自豪。科学家们乘坐超豪华软席火车，从柏林、莱顿、哥廷根、苏黎世、巴黎、维也纳等地来到布鲁塞尔。

索尔维会议标志着阿尔伯特在国际科学舞台上的首次亮相。会议由亨德里克·洛伦兹主持，他用了荷兰语、德语和法语三种语言主持。代表们聚在一起思考物理学研究的两种方法，即经典物理学和量子理论。三十二岁的阿尔伯特是现场第二年轻的物理学家，二十五岁的弗雷德里克·林德曼（Frederick Lindemann）年纪最小。其他在场的还有玛丽亚·斯克沃多夫斯卡－居里（Marie Slodowska-Curie）和亨利·庞加莱（Henri Poincaré）。

这些杰出人物没有吓到阿尔伯特。他笑着把这次会议称为"布鲁塞尔的女巫安息日"。其他物理学家都觉得他是物理届的新星。居里夫人公开称赞阿尔伯特头脑清晰、史料浩瀚、知识渊博。庞加莱说，阿尔伯特是"我见过的最具独创精神的思想家之一。人们首先要敬佩的是他适应新概念，并知道如何从中获得每一种可能的结论的天赋"。弗雷德里克·林德曼和路易·德布罗意（Louis de Broglie）也都认为，"在场的所有人中，爱因斯坦和庞加莱自动结为一类人"。

在正式会议之后，讨论集中在相对论的问题上。阿尔伯特发现庞加莱没有理解相对论，但其他法国人都明白了。

在所有代表中，他发现有三位年轻的法国物理学家最支持相对论，包括保罗·郎之万（Paul Langevin）、让·佩兰（Jean Perrin）和玛丽亚·斯克沃多夫斯卡-居里。

他写信给贝索："我在电子理论方面仍未取得任何进展。"他告诉贝索，会议"在某个方面像是对着耶路撒冷之墟恸哭"，因为它没有产生任何积极的成果。"我对波动的论述引起了听众极大的兴趣，但未能收到严肃的反对意见。这对我没有太大的益处，因为我没有听到任何自己之前不知道的东西。"

然而，在给欧内斯特·索尔维的感谢信中，阿尔伯特写道："我衷心地感谢您让我们在布鲁塞尔度过了极其美好的一周，也非常感谢您的热情款待。索尔维会议将永远是我人生中最美好的一段回忆。"

阿尔伯特之所以这样说，不仅是因为那些围绕物理学展开的正式和非正式讨论，还因为他新交的两位法国朋友引发的流言蜚语令他感到惊讶和好奇。

1894年，玛丽亚·斯克沃多夫斯卡在巴黎认识了皮埃尔·居里（Pierre Curie），一年后，他们就结婚了。于是，玛丽亚开始用法语来拼写自己的名字。

玛丽·居里   保罗·郎之万

居里夫妇共同致力于放射性研究，详细阐述了伦琴和亨利·贝克勒尔（Henri Becquerel）的研究成果。1898 年 7 月，他们宣布发现了放射性元素钋。这是一种新的化学元素。12 月 20 日，他们宣布发现了另一种放射性元素镭，这对 X 射线和放射学的发展至关重要。

1903 年，他们同贝克勒尔（Becquerel）一起被授予诺贝尔物理学奖。玛丽也成为首位女性诺贝尔奖获得者。

三年后，一辆马车在巴黎新桥附近撞上了皮埃尔。他当场死亡，留下玛丽和两个女儿—— 一个九岁，另一个两岁。她接替了他的教职，成为首位在索邦大学教书的女性，并全身心投入到他们之前已经开始做的研究工作中。1911 年，她获得诺贝尔化学奖，奖项的宣布恰好与索尔维会议同步。阿尔伯特充分认识到，玛丽在法国是个有争议的人物，不受法国媒体的欢迎。当有人提议她进入法国科学院（Académie des Sciences）时，记者们对她进行攻击，而反犹主义、厌女症、仇外心理以及对于科学和科学家的普遍反对等情绪又火上加油。尽管玛丽在形式上是个天主教徒，但由小说家阿尔丰斯·都德（Alphonse Daudet）的儿子里昂·都德（Léon Daudet）领导的反对犹太人的法国行动委员会（L'Action Française）仍然对她发起了最猛烈的攻击。

所有这些都使阿尔伯特近距离观察到作为一个被公众辱骂的受害者所需要的品格和力量。他对此深感同情，并在很大程度上被玛丽的勇气所打动。

郎之万也让他着迷。这位物理学家仪表堂堂，又高又瘦，蓄着八字胡，举止彰显着军国主义的风度。1911 年，他在《科学》杂志上发表了《空间和时间的演变》（*L'evolution de l'espace et du temps*）一文，对相对论做了通俗的解释。

在索尔维会议上，阿尔伯特得知玛丽和郎之万有了婚外情。郎之万比玛丽小五岁，已婚，还和他的妻子珍妮生了四个孩子。珍妮一直怀疑丈夫和玛丽的关系，雇了个侦探去搜查他在索邦大学的办公桌。侦探找到了玛丽写给郎之万的一系列情书，并把这些信件移交给法国行动委员会。信中的部分片段被发布在法国媒体上。

珍妮准备提起法律诉讼来争取她对四个孩子的监护权。这则丑闻震惊了整个法国社会。

瑞典学院告诉玛丽不要去斯德哥尔摩领奖，玛丽对此回复说："我认为我所从事的科学工作和我的私生活之间不存在任何联系。"

阿尔伯特乐观地说："她是一个谦逊、诚实而聪明的人。尽管她生性热情，却不够有魅力，因此不会危害到任何人。"

十一月初，参会的代表们分道扬镳。

阿尔伯特给玛丽写信：

尊敬的居里夫人：

冒昧写信给你，却没有任何实用的话，请不要嘲笑我。我对公众提及你时表现出的卑鄙胆大感到如此愤怒，以至于我必须要把这种感受彻底发泄出来。然而，我相信你一贯鄙视这群乌合之众，不管它是阿谀奉承地抬高你，还是试图满足它哗众取宠的欲望。我迫切地想要告诉你，我是多么佩服你的才智、你的干劲和你的正直，而且我认为自己非常幸运能够在布鲁塞尔认识你。任何不在这群卑鄙小人之列的人一定会为我们当中有诸如你和郎之万这样重要的人物而感到高兴，你们都是真诚的人，与你们打交道是我们的荣幸。如果这群乌合之众继续打搅你，那就不要理会这些胡言乱语了，相反，把它们都留给卑鄙小人们去读吧，因为这是为他们编造的。

向你、郎之万和佩兰致以最友好的问候，您非常忠实的

阿尔伯特·爱因斯坦

附言：我已经用巧妙好玩的方法确定了普朗克辐射场中双原子分子运动的统计学规律，当然这是在双原子分子运动遵循标准力学定律的约束条件下进行的。我希望这一规律在现实中是有效的，但是希望很渺茫。

一些研究机构主动联系阿尔伯特，向他提供授课的机会和职位，这引起了阿尔伯特的兴趣，他为此感到高兴和满足。当他返回布拉格时，他和米列娃决定前往苏黎世，去看看苏黎世联邦理工学院是否会给他一个任职机会。他们惊愕地发现，苏黎世的教育官员竟说任命一位理论物理学教授太奢侈了。

海因里希·赞格尔（Heinrich Zangger）为支持阿尔伯特而发声："对于那些头脑懒惰、只想把笔记本填满，然后通过死记硬背应付考试的人来说，他不是一个好老师；他说话不是很流利，但倘若一个人发自内心地希望认真学习如何用正当的方式形成物理思想，以及如何仔细验证某种假设并通过反思看到其中的缺陷和问题，那么他就会认为阿尔伯特是个一流的老师，因为他讲课时表达的一切内容都在驱动听众去随之思考。"

赞格尔被苏黎世的幕后操纵激怒了。

阿尔伯特写信给赞格尔："把理工学院留给上帝的妙手吧。"

他没有放弃理工学院，他请求玛丽·居里和庞加莱帮忙撰写推荐信。这确实发挥了作用——苏黎世联邦理工学院任命阿尔伯特为理论物理学教授。阿尔伯特、米列娃和孩子们都很高兴能回到苏黎世。

而布拉格的新闻媒体不太能接受阿尔伯特离任，暗示反犹主义可能导致了阿尔伯特的离任。阿尔伯特公开否认了这一点——他努力控制自己离任所带来的损失。

不过他们还是再次收拾行李，跋涉640公里回到了苏黎世。

回去之后，他们搬进了一套六居室的公寓，这是他在苏黎世的第五个家。阿尔伯特继续同赞格尔和格罗斯曼定期会面。在米列娃和两个男孩的陪同下，他到数学家阿道夫·胡尔维兹（Adolf Hurwitz）家里参加星期天音乐晚会。他们演奏莫扎特的曲子，以及米列娃喜欢的舒曼的曲子。

阿尔伯特和他钟爱的埃尔莎

阿尔伯特可能觉得适得其所，但米列娃的身体和精神状态每况愈下。大概所有人都注意到了这一点，至少阿尔伯特完全意识到了。与此同时，冬天的严寒让她的心情变得更加沉重了。

阿尔伯特比以往任何时候都需要回答别人提出的问题。他前往柏林去和帝国技术物理研究所的埃米尔·加布里埃尔·瓦尔堡（Emil Gabriel Warburg）讨论量子光化学。瓦尔特·能斯特（Walther Nernst）热衷于讨论涉及比热的问题——比热指的是每升高1摄氏度每单位质量的物体所需要的热量。弗里茨·哈伯（Fritz Haber）则想问阿尔伯特关于量子化学的问题。

他和瓦尔堡（Warburg）住在一起，又同家人范妮姨妈和鲁道夫叔叔叙叙旧。鲁道夫是拉斐尔·爱因斯坦的儿子，而拉斐尔是阿尔伯特祖父的弟弟。埃尔莎（Elsa)是范妮的女儿，阿尔伯特的表亲，她也在柏林，同她的父母一起住在舍恩贝格区南部的郊外。

阿尔伯特一看到埃尔莎就想起了小时候在慕尼黑的日子。她比阿尔伯特大三岁，现在已经和纺织商人马克斯·洛文塔尔（Max Löwenthal）离婚了。他们有两个女儿，一个是羞怯的玛格特（Margot），十一岁，另一个是固执的伊尔瑟（Ilse），九岁。埃尔莎有着金黄细密的头发，虽然近视，但她碧蓝色的眼睛却显得生动明亮。埃尔莎热情友好，而且把姓氏改回爱因斯坦后，她在艺术、政治和科学界都成了小有名气的人物。

阿尔伯特和埃尔莎乘坐轻轨到哈弗尔河畔的大小万湖。他们买了水果冰糕，看着航行的帆船纵横交错于波光粼粼的湖面上。

"我非常孤独，感到无人疼爱。我只想要有个自己能够信任的人。谁能理解我心里和脑子里的一切东西呢？你能理解吗？"

"我能理解，我最亲爱的阿尔伯特。"

他们在伯恩维尔酒店（Hotel Bonverde）预订了房间。

他弯腰摘下一朵花，把它递给埃尔莎："送给你。"

"给我吗？"

"给你的。"

"这是什么花？"

"高山勿忘草。它的意思是'勿忘我'。答应我好吗？"

"任何事情。"

"别忘了我。"

她亲吻着他的嘴唇。

阿尔伯特仿佛看到了十六年前米列娃的脸庞。

"你会永远都想要我吗？"埃尔莎问。

"是的。"

她的香水激起了他的欲望。

她在他的耳边低声说："我和你在一起。"

"'夕阳西下，星星照在我身上。'"

"太美了，"她说，"你是因为淘气的小埃尔莎才想到这句话的吗？"

"我想起来了。这是歌德写的。我和你都是可怜的恶魔，各自被无情的责任所束缚。只要能陪你走几步，或者跟你一起有些别的乐趣，我就很高兴了。"

*

阿尔伯特感到困惑和无助。

两周后，他改变了主意，从苏黎世写信给她："我今天最后一次给你写信，委身于必然发生的事情，而你也必须这样做。你知道，不是因为我内心冷漠或者缺乏感情才这么说，因为你知道我也像你一样在绝望地忍受苦难。无论何时，当你觉得生活困难或需要和某人谈心时，那么请你记得自己有个表弟，不管遇到什么问题，他都会为你着想。"

埃尔莎明白了其中的讯息。她是阿尔伯特需要的那个知己。

埃尔莎的明信片

她买了一张明信片，喷上"科隆之水"牌香水，因为她知道这种香水会让他想起她在他床上的身体。

在另一张纸上，她认认真真地写下歌德的爱情诗。

爱在身旁

每当正午的阳光在海面上闪烁时，我就会想起你；
每当月亮映照在河面上闪闪发光时，我就会想起你。

每当遥远的路上扬起尘土，我就看到你；
深夜流浪者在歧路上忧愁时，我也看到了你。

我在大海隆隆低沉的咆哮声中听见你；
在常去倾听的万籁俱寂的小树林里听见你。

我和你在一起。无论你在天涯海角，
我知道你就在身旁！
哦，太阳西沉给星星让路，
而我要付出什么才能让你在这里。

马克斯·普朗克　　　　　　瓦尔特·能斯特

　　阿尔伯特在苏黎世霍夫大街 116 号度过了夏天——这是一座雄伟的建筑，俯瞰着苏黎世湖和阿尔卑斯山。全家人乘坐由埃舍尔（Escher）、怀斯（Wyss & C.）等人为苏黎世航海协会（Zürich-Schifffahrtsgesellschaft）建造的"拉博斯维尔市"号（*Stadt Rapperswil*）明轮旅行。他凝视着从制动烟囱中升起的烟，好像看到了从他烟斗里冒出的烟一样。

　　他被授予普鲁士科学院院士的殊荣，这个消息让他备受鼓舞，因为这项荣誉仅次于诺尔贝奖。更荣幸的是，马克斯·普朗克和瓦尔特·能斯特带着劝说阿尔伯特搬到柏林的使命来到了苏黎世。他们知道阿尔伯特对德国抱有疑虑，让他接受他们的邀请将会很困难。

　　阿尔伯特在苏黎世中央火车站见到了普朗克和能斯特，并把他们带到了苏黎世联邦理工学院。

阿尔伯特坐在书桌前，吸着他的烟斗。

能斯特点燃一支香烟，像普鲁士人那样严肃地说："这并不是自我吹嘘，"——但他正在这么做——"我有机会和威廉二世谈了谈。我们都意识到需要科学技术来促进国家的经济发展。威廉二世满腔热情，批准成立几家研究机构，包括凯撒·威廉皇家科学促进会（Kaiser Wilhelm Foundation for the Advancement of Science）。德国的目标是成为世界经济大国，以更好地维护国家利益。"

"国家利益……"阿尔伯特说，"更确切地说，你不是指君王的利益吗？"

能斯特退缩了一下："我不会这样说的。"

"告诉我，"阿尔伯特说，"凯撒·威廉皇家科学促进会有哪些人物呢？"

又高又瘦的普朗克插话说："普鲁士宗教、教育和医疗事务部部长奥古斯特·博多·威廉·克莱门斯·保罗·冯·特罗特·索尔茨（August Bodo Wilhelm Clemens Paul von Trott zu Solz）担任主席。"

"你们需要一个大的席位来容纳一个名字这么长的人。"

"特罗特·索尔茨来自一个贵族家庭，他是源自13世纪的黑森州路德宗世袭贵族和老黑森州爵士的后裔。他们的祖传邸宅在索尔茨，还在易姆绍森（Imshausen）有座城堡。他们是皇室男爵。"

"爱因斯坦家族不需要祖传邸宅，"阿尔伯特说，"我和每个人说话的方式都一样。"

来访者尴尬地笑了笑。

"特罗特·索尔茨主持了第一届会议，共有83位有表决权的人员参会，包括古斯塔夫·克虏伯·冯·伯伦·哈尔巴赫（Gustav Krupp von Bohlen und Halbach）、银行家路德维希·德尔布吕克（Ludwig Delbrück）和实业家亨利·西奥多·冯·博廷格（Henry Theodore von Böttinger）。弗里茨·哈伯也在。你知道哈伯吗？"

"他胸怀大志。"阿尔伯特说。

"是的。威廉二世把一个哐啷作响的链子颁给了会长阿道夫·冯·哈纳克（Adolf von Harnack）。你听说过冯·哈纳克吗？"

"我知道在柏林有家图书馆。"

"你听说过它的馆藏品吗？"

"奎德林堡5世纪的古拉丁译本碎片，古腾堡（Gutenberg）印刷的《圣经》，歌德的书信，巴赫和我挚爱的莫扎特的最全的手稿集。"

"还有贝多芬《第九交响曲》的原始乐谱。"

"我知道，不过我对莫扎特更感兴趣。"

"真是太好了。"能斯特高兴地说。

"贝多芬的乐谱？"阿尔伯特问。

"嗯，是的。"能斯特说，"另外，会员们会系着缎带，扣眼里有用橙色丝绸编织的威廉二世的肖像。理事会成员们在参加典礼时，穿飘逸的绿色长袍，系红色领带，戴金色的纽扣勋章。"

"颜色很鲜艳。"阿尔伯特说。

"我们向你提供的第一个工作机会是，"普朗克说，"由企业家哥海姆拉特·利奥波德·考伯尔（Geheimrat Leopold Koppel）资助的柏林大学的研究教授职位。他还创立了私人银行机构考伯尔公司（Koppel und Co.）和奥尔（Auergesellschaft）、欧司朗（OSRAM）等实业公司以及考伯尔慈善基金会（Koppel-Stiftung）。"

"真好。"阿尔伯特说。

"第二个工作机会是不久将成立的致力于物理学研究的新凯撒·威廉研究所（Kaiser Wilhelm Institute）的主任职位。你觉得怎么样？"

"我深感荣幸。先生们，谢谢你们。"

"学术氛围很不错的。"能斯特说。

"薪水也高。"普朗克补充道。

"你还不用讲课。"能斯特说。

"你对以后有什么想法吗？"普朗克问道。

"我从未考虑过以后，因为它很快就到了。我要和妻子商量一下。然后把我的决定告诉你们。"

现在如果米列娃要待在苏黎世，那么在柏林还有埃尔莎。同时研究几个原理是他的强项，但他不擅长同时应付几个女人。这是他自己制造的难题。

"你讨厌普鲁士。"米列娃说。

"是的，但我们至少可以摆脱财务上的烦恼。"

"会吗？"

"而且我也将免于行政职责。"

"你会吗？"

"我将能自由地工作。"

"我呢？"米列娃问。

"你在柏林会很开心的。"

"你怎么知道呢？"

"作为我的妻子，你将会受到尊重。"

"阿尔伯特，难道你不明白我在说什么吗？我想以米列娃·马里奇的身份受到尊重。"

"那你为什么不去柏林，给我们自己选一套很好的公寓，一个能为米列娃·马里奇增光添彩的地方？"

"我留有什么荣耀呢？我是爱因斯坦夫人。我不再是'米列娃·马里奇'了。全世界都知道你是谁。我呢？"

阿尔伯特沉默了。他点燃了烟斗。

"但是我呢？"米列娃说，"我是谁呢？"

"我知道你是谁。"阿尔伯特说。他挥散了一团烟云。

"这还不够，"米列娃大声喊道，"到了你该告诉我真相的时候了。"

"关于什么？"

"你的情人。"

阿尔伯特默默拨弄着烟斗。

"你在回避我的眼睛。"米列娃说。

他歪着头，眨了眨眼。

"你要告诉我吗？"

他缓慢地长吸了一口气。

"你为什么不说话？"

他一动不动地坐着，烟雾从他张开的嘴里袅袅升起。

"嗯？"

"我爱你，"他说，"我爱你。"

"那个女人呢？"

他用手捂着嘴，来回倒换着双脚。

米列娃打开一张皱巴巴的纸。她把纸递给阿尔伯特，说："你读一下。"

阿尔伯特读着自己的笔迹："之前我怎么能独自生活呢，我的小东西？如果没有你，我就对自己毫无信心，对工作也没有热情，生活更没有乐趣可言，总之，如果没有你，我的人生就不足道为人生。"

"这是真的。"阿尔伯特说。

"埃尔莎呢？"

"她怎么了？"

"你爱她吗？"

"不。"

"你跟她上床了？"

阿尔伯特沉默了。

"埃尔莎！"米列娃大声喊道，"她是个婊子。"

阿尔伯特给埃尔莎写信：

我必须要有个爱人，否则生活会万分痛苦。这个人就是你；对此你无法抗拒，因为我不是在请求得到你的许可。在我的冥冥想象中，我是绝对的统治者，或者说，至少是我选择这样想的。如果我们能共同打理一个波西米亚式的小家庭，那该多好啊。我的妻子不停地向我嘟囔着柏林的事情以及她对亲戚们的恐惧。她感到烦扰不已，害怕三月底将会是她最后的安宁日子。好吧，这其实是有些事实依据的。我母亲对其他人脾气都很好，但她真的是个恶婆婆。当她和我们待在一起时，空气中充满了火药味。

恐惧从未远离。

一想到她要和你在一起，我就不寒而栗。如果她远远看到你，她都会像蠕虫一样扭动！我把我的妻子当作一个自己不能解雇的员工。我有我自己的卧室，以避免和她单独待在一起。她是一个不太友好且缺乏幽默感的人，她自己从生活中一无所获，但她的存在本身就会抑制其他人的生活乐趣。

在哈伯夫妇的耐心帮助下，米列娃找到了一套合适的公寓——在达勒姆（Dahlem）和鲁德洛夫韦（Rudeloffweg）两条道路交叉口的埃伦伯格大街（Ehrenbergstrasse）33号，距离理工学院不远。

尽管阿尔伯特对柏林心存疑虑，他还是在三月份就前往那里。米列娃带着孩子们去了瑞士提契诺州的温泉疗养地。

阿尔伯特感到焦虑不已又孤独寂寞，他和叔叔雅各布一起住在威尔莫斯多弗大街（Wilmersdorferstrasse）上，他的母亲负责照管各项家务安排。埃尔莎在等待着他。

"你必须决定自己需要她什么。"埃尔莎对他说，蓝眼睛中饱含笑意。

阿尔伯特按照埃尔莎的建议准备了一份条件清单，如果他们要继续作为夫妻一起生活，米列娃需要满足以下这些条件：

（一）你要保证：

1. 我的服装和已经洗熨过的衣物要放得整整齐齐，并且保养良好。

2. 我要按时在自己的房间里接到一日三餐。

3. 我的卧室和办公室要保持整洁，尤其是书桌只能我自己使用。

（二）你要放弃和我之间的所有私人关系，只要我们不需要出于社会原因保持这些关系。具体来说，你无法享受如下待遇：

1. 我和你一起坐在家里。

2. 我和你一起出去或旅行。

（三）在你和我的关系中，你要明确承诺遵守以下几点：

1. 你不能期望我对你很亲密，也不能以任何方式责备我。

2. 只要我要求，你必须立即停止和我对话。

3. 只要我要求，你必须立即离开我的卧室或办公室，不能有任何异议。

（四）你承诺不会在我的孩子们面前用言语或行为贬低我。

"嗯？"

米列娃默默地盯着他。

阿尔伯特拨弄着他的烟斗："我只关心我的孩子，小阿尔伯特和泰特。"

"你管他们叫'你的孩子'？"她叫喊道。

"他们是我的儿子。"阿尔伯特温顺地说。

"他们是我的儿子。泰特身体不好。他需要一个像样的父亲。"

"他有我。"

"我是他的母亲。你怎么能给我这个东西呢——这份清单？"

"它将改善我们的婚姻。"

"它不会的。"

"那么我们就必须分开。"阿尔伯特说。

"我将如何生活呢？"

"依靠我一半的收入，"阿尔伯特说，"每年 5600 马克。"

"我明白了，阿尔伯特，"她怒不可遏地说，"如果这就是你想要的。"

"就这样吧。"

"太残忍了。阿尔伯特，你太残忍了。残忍得难以置信。"

阿尔伯特陪着米列娃、小阿尔伯特和泰特来到安哈尔特火车站，看着他们坐上了前往苏黎世的火车。

他失声痛哭，不停地啜泣。

"你对我们的孩子犯了罪行，所以你哭得像个婴儿似的。"

米列娃说。

"你会改变主意吗？"他恳求她。

"不会。"

"正是在这些时候，我们才会看出自己是多么可怜的物种。"

她默默地瞪着他。

阿尔伯特哭着离开了车站，穿过主出口处的凯旋门，落荒而

逃。他来到新建的火车站大街上，他的眼睛刺痛。

他们的婚姻已经持续了十一年，两人共同度过了十八年的时

光。这种关系就像阿尔伯特小时候用扑克牌建造的大楼一样处在

一堆混乱之中。而此时，有种不祥之兆正笼罩着欧洲。

萨拉热窝

在萨拉热窝，十九岁的结核病人，来自波斯尼亚的塞尔维亚

族民族主义者加夫里洛·普林西普（Gavrilo Princip）计划暗杀奥

匈帝国的皇储斐迪南大公。

六辆敞篷汽车形成的皇家车队驶近市政厅。第一辆车上坐的是萨拉热窝市长和市警察局局长。弗朗茨·斐迪南（Franz Ferdinand）及其妻子霍恩贝格女公爵索菲亚坐在第二辆车上，同乘的还有波斯尼亚和黑塞哥维那的长官兼奥匈帝国军队总监察长奥斯卡·波蒂奥雷克（Oskar Potiorek），弗朗茨·冯·哈拉赫（Franz von Harrach）伯爵踩在脚踏板上充当大公的保镖。第一枪没能杀了大公，普林西普惊慌逃走。另一个恐怖分子朝车队扔了颗炸弹。炸弹爆炸，伤到了人群中的人。弗朗茨·斐迪南没有受伤，于是车队加速离开，警察拘留了那个投弹的人。

市政厅的招待会结束后，波蒂奥雷克长官请求弗朗茨·斐迪南离开这座城市。大公对这次暗杀企图勃然大怒，这是可以理解的。但他还是坚持要去看望受伤人员。

官员们说服大公走最短的路线离开萨拉热窝。米里雅茨河的大桥上有个急转弯，车队逐渐减速才转过弯来。普林西普带了一把由比利时国家制造局生产的 FN 型 1910 后坐力操控式半自动勃朗宁手枪，等着车队驶来。他从路缘上走下来，从外套里掏出勃朗宁手枪，在五英尺外的地方开了两枪。

第一枪击中了怀有身孕的索菲亚大公夫人的胃部。

大公大叫："索菲亚，索菲亚，不要死。为我的孩子们活着。"

第二颗子弹击中了大公的心脏附近。

波茨坦广场是柏林的社交中心，阿尔伯特和埃尔莎在海滨大道酒店（Hotel Esplanade）、怡东酒店（Hotel Excelsior）或皮卡迪利酒店（Hotel Piccadilly）喝着咖啡闲聊。就在战争开始前两周，皮卡迪利酒店更名为"沃特兰特咖啡馆（Café Vaterland）"。戴着巨大羽毛帽子的女士们挽臂而行。衣衫褴褛的人和时髦漂亮的人都在谈笑风生。

阿尔伯特和埃尔莎读着他们最喜欢的报纸《柏林日报》。阿尔伯特情绪抑郁："为什么德国人对领土征服有着疯狂的偏爱？"

"过几周就会结束的。"埃尔莎说。

"德国对领土征服的欲望太让人担忧了，但它是出了名的野蛮和暴力，这简直要受天谴啊。即使按照现在的标准，德国在国外的犯罪记录听起来也是十分残忍的。"

他们漫步在街头，小心地避开啤酒厂的四轮大马车和迈巴赫豪华轿车。

"欧洲一片狂乱，正在走向极其荒谬的境地，"阿尔伯特郑重地说，"我感到既同情又厌恶。"

"我们无能为力。"埃尔莎说。

他们沿着科特布斯大街（Kottbusser Strasse）走到运河边，逛了逛迈巴赫海岸（Maybachufer）上的市场摊位，买了红色卷心菜、山羊油和熏鲱鱼,还有几瓶山谷百合花精油。

他们和兰德维尔运河桥(Landwehr Canal bridge)上卖石膏雕像的意大利人开玩笑,和谷仓区的二手书商讨价还价。

"能斯特五十岁了。他自愿做名救护车司机。"

"他很高尚。"埃尔莎说。

"普朗克以上帝的名义说:'能够自称为德国人,这种感觉很好。'"

"你是瑞士人。"

"上帝,"阿尔伯特说,"情况变得更糟了。普朗克在民族主义的狂热中加入了能斯特、伦琴和维恩,与他们一起签署了反战宣言《对文化世界的恳求》。看,这登在《柏林日报》上了。"

他向埃尔莎大声朗读:

作为德国科学与艺术界的代表,我们在此对文明世界的谎言和诽谤提出抗议,我们的敌人正企图在一场德国被迫参与的艰苦战斗中玷污她的荣誉。

这不是真的,德国没有挑起这场战争。无论是德国人民、德国政府还是皇帝都不希望发生战争,德国竭尽全力阻止战争的爆发。对此主张,世界各地都有文献佐证。在威廉二世统治的二十六年里,他频频表态自己是和平的支持者,而这一事实也经常被我们的对手所承认。不,就算是他们现在敢称之为阿提拉的皇帝，也因为坚持不懈地努力维护世界和平而被他们嘲笑多年。直到边境上的众多敌人突然袭击我们时，整个国家才出手反击。

这不是真的，我们没有侵犯中立国比利时。事实证明，法国和英国已经决定要入侵比利时，同样有事实表明，比利时默许了他们这样做。如果我们不先发制人，那么对我们而言就无异于自杀。

这不是真的，我们的士兵没有伤害和损害任何一个比利时公民的生命和财产，除了那些不得不采取的沉痛的自卫行动；因为尽管受到一次又一次的威胁，比利时民众仍埋伏起来，向房子外面的士兵射击，残害伤员，无情地谋杀医务人员；与此同时，他们又在做着乐善好施的工作。德国人只是在惩罚这些犯下恶劣行径的暗杀者，但他们却隐瞒了这些罪行，为的是让德国人显得像是罪犯，或许没有比这更卑鄙的侮辱了。

这不是真的，我们的士兵没有野蛮地对待鲁汶这座城市。在愤怒的居民反叛并向营房里的德国士兵进攻时，我们的士兵才怀着哀痛的心情被迫烧了市中心的一块区域作为惩罚。但是鲁汶的绝大部分地区都保存下来了。著名的市政厅完好无损，屹立不动；因为我们的士兵做出了巨大的自我牺牲，才使它免遭大火的摧毁。如果有些艺术品在这场可怕的战争中被毁坏了或者在未来某个时间被毁坏，那么每个德国人必然感到万分遗憾。但正如我们对艺术的热爱是其他任何一个国家都无法比拟的，我们同样坚决地不会为挽救一件艺术品而投降。

这不是真的，我们的战争没有不尊重国际法。我们从未有过任何不合常规的残暴行动。而在东部，妇女儿童遭到俄国军队野蛮无情的屠杀，鲜血横流大地；在西部，达姆弹击穿我们士兵的胸膛。那些同俄国人和塞尔维亚人结盟的人，煽动蒙古人和黑人反对白种人，向整个世界上演了如此可耻的一幕，因此，他们无论如何都无权自称为文明的维护者。

这不是真的，这场反对我们所谓的军国主义的战争也在反对我们的文明，但我们的敌人却虚伪地宣称它没有反对我们的文明。如果不是因为德国存在军国主义，德国文明早就被根除了。因为受到军国主义的保护，德国才在这片数世纪来都被强盗侵扰的土地上崛起，而这些扰乱是其他国家从未遭遇过的。德国军队和德国人民团结统一；今天，这种意识使7000万德国人成为兄弟姐妹，所有阶层、职业、政党的人都融为一体。

我们无法从敌人的手中把他们恶毒的武器——谎言——抢过来。我们只能向全世界宣告，我们的敌人正在做伪证控诉我们。你们了解我们，你们曾与我们一起守护过人类最神圣的财产，因此我们呼吁你们：

相信我们！相信我们这个文明之国将坚持作战，直到战争彻底结束。对于这个文明之国而言，歌德、贝多芬、康德等人的遗产正如国内万千普通家庭一样神圣。

为此，我们以个人的名声和荣誉向你们许下誓言。

埃尔莎专心致志地听着这些豪言壮语。

他们考察了基兹（Kiez）、米利约（Miljoh）和古老而真实的柏林。

"所有这些都将被一扫而空。"阿尔伯特说，"看，这个社区是我们犹太人和来自东方的波兰人及俄国人在柏林聚集的地方，这里有犹太人的街头文化，比如听听收音机和留声机播放的音乐、手摇风琴弹奏的曲子以及街头歌手演唱的歌曲。这些即将被疯狂摧毁吗？"

格奥尔格·弗里德里希·尼科莱

阿尔伯特很快找到了一个志同道合的抗议者，他是一名拥护和平主义的生理学家，叫格奥尔格·弗里德里希·尼科莱（Georg Friedrich Nicolai），既是埃尔莎的医生，也是她的朋友。

尼科莱是个以自我为中心、性欲旺盛的人。他曾因打架、斗殴和养育私生子被寄宿学校和大学开除。他在巴黎和莱比锡的多个地方居住过，担任过戏剧评论家。他还在亚洲旅行过，曾在圣彼得堡同伊万·巴甫洛夫（Ivan Pavlov）一起工作。巴甫洛夫是位生理学家，于1904年获诺贝尔医学奖，成为俄国首位诺贝尔奖得主。后来，尼科莱当上了柏林查瑞特医院（Charité Hospital）第二内科门诊部的医学主任。1910年，他同自己的上级弗里德里希·克劳斯（Friedrich Kraus）联合出版了一本讲述心电图的基础教科书。现在，他是皇家御用的心脏病专家，在一家军队医院工作。

尼科莱能够看出军备远比勇气和军事知识重要，并写下了《致欧洲人的宣言》（*Manifesto to the Europeans*）。这篇宣言标志着阿尔伯特开始成为一名重要的政治活动家。

致欧洲人的宣言

由于技术的发展，世界变得越来越小；如今，广阔的欧洲半岛上的国家似乎彼此毗邻，就像古时候每座狭小的地中海半岛上的城市群。基于每个个体的需求和经历，和其对各种关系的认识，欧洲，甚至全世界，已经成为一个统一的整体。

因此，那些有文化教养且抱有善意的欧洲人有义务至少尝试去阻止欧洲（由于它整体构成存在缺陷）遭受同古希腊相似的悲惨命运。欧洲是否也会逐渐内耗，从而毁于自相残杀的战争？

今天的激烈斗争中可能不会有任何赢家；或许，只会产生战败方。因此，有一点不仅看上去很好，而且也相当必要，即倘若各国知识分子能够发挥自身影响力（不管这场扑朔迷离的战争结局如何），那么和平条款将不会在未来引发战争。显然，这场战争结束后，欧洲所有的关系和形势都将滑入不稳定的深渊，而这些本应用于创造一个不可分割的欧洲统一体。建立欧洲统一体的技术和智力条件依然存在……时机已经来了，欧洲必须要团结一致来保护她的土地、她的子民和她的文化。

为此，所有在心中为欧洲文化和欧洲文明留有一席之地的人，换句话说，被歌德预见性地称为"优秀的欧洲人"的那些人，似乎很有必要先联合起来。为此，我们只想敦促和呼吁；如果您和我们有同样的感受，如果您和我们有同样的想法，并决心尽可能地在欧洲引起最广泛的共鸣，那么请您寄一份签名来表示支持。

令阿尔伯特和尼科莱深感失望的是，他们联系了100位知识分子，却只召集到两个联名签字人：天文学家威廉·朱利斯·福尔斯特（Wilhelm Julius Foerster）和哲学家奥托·贝克（Otto Buek）。

没有人敢在柏林公开发表这份宣言，因此，尼科莱私下散播，还在他的课堂上开设反战讲座。公众对《致欧洲人的宣言》置之不理。政府听说这件事时后，解除了尼科莱的德国皇家御用心脏病专家的职位，剥夺了他在柏林大学的教授职位和在查瑞特医院的主任职位，还把他派到格丹斯克南部的格鲁德兹亚（Grudziadz）做随军医生。他在那里同营地指挥官一起猎狐打发时间。

*

1915年8月，阿尔伯特收到了一份邀请，这将扩大他的和平主义抗议者圈子。自由派政治家瓦尔特·舒克（Walther Schücking）邀请阿尔伯特加入"新德国联合会（Bund Neues Vaterland）"。联合会有五个主要目标：在各国间建立理解；废除以阶级为基础的权力统治；合作实现社会主义；发展人格文化；用和平主义教育广大青年。

"这是我可以追随的事业，"阿尔伯特对埃尔莎说，"政府不能无视这些人。"

"他们是谁？"埃尔莎问。

他大声说出这些和平主义者的名字，因为他们都是才华出众的杰出人物，所以他越说越高兴。库尔特·冯·特普尔·拉斯基（Kurt von Tepper-Laski）是个骑马师兼记者。雨果·西蒙（Hugo Simon）资助成立了一家银行，叫作贝特·卡什·西蒙公司（Bett, Carsh, Simon & Co.）。格特鲁德（Gertrud）和妻子两人把他们在德雷克大街上的住处改成了一个名副其实的艺术文化中心，时常光顾这里的有海因里希和托马斯·曼、勒内·席克勒（René Schikele）、斯蒂芬·茨威格（Stefan Zweig）、哈利·凯斯勒（Harry Kessler）、瓦尔特·拉特瑙（Walther Rathenau）、库尔特·图霍夫斯基（Kurt Tucholsky）、雅各布·瓦瑟尔曼（Jakob Wassermann）、大师布鲁诺·瓦尔特（Bruno Walter）、瓦尔特·本雅明（Walter Benjamin）等作家和知识分子以及先锋派艺术家们。

"阿尔伯特，这太好了。终于能从战争中看到一些好的东西了。"

"不，埃尔莎，没有什么好的。"

政府没有对这些名人坐视不管。过于天真的联合会成员们在国会大厦游说熟人。结果，警察对他们采取了监视行动。

德国最高指挥部威胁要把联合会查封了。

莉莉·詹娜士（Lilli Jannasch）干事被送进了监狱。在柏林

的一场反战示威结束后，卡尔·李卜克内西（Karl Liebknecht）
因叛国罪被判处两年半的监禁。他在法庭上大声喊道："消除战
争！打倒政府！"最后，他的刑期被延长到四年零一个月。

*

如果外面有风在吹，让用纸牌搭起的房子颤动，那么就关上
百叶窗，并改善房子的地基。这大概就是阿尔伯特的做法。

"我过着与世隔绝但又不孤独的生活。"他写信给远在苏黎
世的赞格尔，"多亏了我表姐的爱护，当然是她先把我引到了柏
林。我永远都不会放弃独自生活的状态，这已经成为一种难以言
表的幸福。"

他住在维特尔斯巴赫大街（Wittelsbacherstraße）13 号的三居
室公寓里，地处费尔贝利纳广场（Fehrbelliner Platz）附近的一个
富裕街区。他的电话号码是柏林 2807。除了满得快要放不下的
书架，公寓里几乎空无一物。他独自在这里长时间地研究相对论。
他再次给赞格尔写信："我的个人和工作交往都很少，但非常和
谐、富有意义；我的公众生活变得淡漠、简单。我必须要说，我
觉得自己是最幸福的人。"

至于埃尔莎，他在写给贝索的信中提到"自己和表姐之间有
着无比愉快、十分美好的关系，这种关系的永久性是通过放弃婚

姻来保证的"。尽管他已经对埃尔莎说过自己会娶她的。

今年。明年。未来的某个时间。无论什么时候都可以。

在维特尔斯巴赫大街的公寓里，他躲在百叶窗后面不停地工作，直到自己的体力和脑力消耗都达到极限。工作耗尽了他的全部精力。他饱受胃痛的折磨，先后患上黄疸病、胃溃疡和胆结石。病痛一直伴随着他，当他上厕所、放屁或者呕吐时，痛感最为剧烈——这是由常吃高脂食物引起的。疼痛随时发生，他甚至会在夜里疼醒。

在两个月的时间里，他瘦了五十六磅[5]。

埃尔莎另一张稀奇古怪的明信片

埃尔莎说服他搬进哈勃兰德斯大街（Haberlandstrasse）5号的四楼，那里有套宽敞的公寓，就在她的公寓附近。她养着他，爱抚他，给他支持，帮他恢复力量。

---

⑤ 编注：1 磅 =0.4536 千克。

她给他看了自己新买的衣服。

"来我这里吧,妈妈会让你幸福的。"

他对埃尔莎说,哈伯曾警告过他:"我们必须非常小心,这样我们——也就是你——才不会成为别人闲聊的话题。不要单独出门。哈伯会把这件事情告诉普朗克,这样我最亲近的同事们就不会首先从谣言中得知此事。你必须表现出十分的得体和克制,这样你才不会被当作某种'女杀手';公开露面对我们非常不利。"

现在,她是他的忠实伴侣,滋养着他,帮他恢复健康。埃尔莎想让他们的关系变得更持久。

泰特、米列娃和汉斯·阿尔伯特

汉斯·阿尔伯特同他的父亲保持着定期通信。

他说,泰特梦见爸爸和他们在一起。他又写到自己在钢琴上取得的进步,他已经会弹海顿和莫扎特的奏鸣曲了。他寄给阿尔伯特一张自己在木头上雕刻出来的模型帆船的草图。

阿尔伯特回复道:

我亲爱的小阿尔伯特：

昨天，我很高兴收到你宝贵的来信。我已经开始担心你以后会不会继续写信给我了。当我在苏黎世时，你对我说，我去苏黎世会让你觉得尴尬。因此，我想，如果我们在别的地方相聚，情况就会好点了，在那里没人会打扰我们，我们能舒服地待着。无论如何，我都极力主张我们应该每年一起度过一整个月的时间，这样你就会看到自己有个喜欢你、关爱你的父亲，你也能从我身上学到许多美好有益的东西，这些东西是别人无法轻易提供给你的。我历经那么多艰苦工作所取得的成就，不仅是为了陌生人，更是为了我的孩子们。这些天我完成了一生中最好的著作之一，等你长大了，我再向你讲述这本书。

我很高兴你能在钢琴中找到乐趣。在我看来，弹钢琴和木工是你在这个年纪最好的消遣活动，甚至比上学还好，因为这两件事情非常适合像你这样的年轻人。我的建议是，主要用钢琴弹些能让你感到快乐的曲子，即使老师没有布置这些任务。当你非常享受做某件事情，以至于都没有注意到时间的流逝时，你才能学到最多。偶尔，我也会全身心投入到工作中而忘了吃午饭……

亲吻着你和泰特的

爸爸

不久，米列娃精神失常，住进了苏黎世西奥多西娅姆·帕克赛特医院（Zürich Theodosianum Parkseite Klinik）。她的两个小儿子由管家照顾着。

但他们很难弄到钱，因为阿尔伯特汇到瑞士的款项经常被拖延。

汉斯·阿尔伯特留在家里自己照顾自己，米列娃和泰特则住进了苏黎世贝塔尼恩医院（Bethanien Klinik）——米列娃的脊椎长期被神经压迫，泰特的肺部发炎了。后来，汉斯·阿尔伯特自己也住进了医院，接着被赞格尔一家收留了。阿尔伯特心情沮丧，他为家人们的健康状况担忧，而此时唯一的避难所就是工作。

埃尔莎恳求他放松下来，但他没有这样做。他想发表一份公开要求，让德国逐渐分裂、屈服和毁灭。由于他很难控制住自己，埃尔莎不知道他在说什么。阿尔伯特承认，他有时也不确定自己是否正常。

1915 年 11 月初，他整理了大量资料，就广义相对论做了四场演讲中的第一场。在此前的八年时间里，他一直为广义相对论的问题绞尽脑汁。

大讲堂入口

1915 年 11 月 25 日，在柏林菩提树下大街 8 号的普鲁士科学院大讲堂里，阿尔伯特问道：

既然牛顿的经典物理学在过去的二百五十年里已经很好地解决了我们的问题，而它似乎也能解释一切，那么我们还需要新的万有引力理论吗？

牛顿万有引力定律描述的是相隔较远的物体间所产生的作用力。假设有两个物体，地球和月亮，它们之间存在引力，像是被无形的线连接在一起，那么力传递的机制是怎样的？牛顿的方程式使我们有了这样的观念，即不管相距多远，万有引力总在瞬间从一个物体传递到另一个物体。这和我的狭义相对论是矛盾的。我认为没有哪种物理效应能比光速传播得更快。

万有引力不同于一般的力。它是空间和时间的属性。物质使空间发生弯曲；空间使物质有了特定的运动轨迹。月亮之所以绕着地球运行是因为地球和月亮使空间扭曲变形。万有引力是时空结构的唯一属性。自然界的其他力量在空间和时间范围内发挥作用。那么，万有引力是什么呢？它正是空间和时间本身。这就是我的广义相对论。如此，广义相对论作为一种复杂的逻辑体系就完成了。

曾经持怀疑态度的马克斯·冯·劳厄（Max von Laue）写道，弯曲空间"绝不是一个数学构想，而是所有物理过程中固有的真实情况。这一发现是阿尔伯特·爱因斯坦最伟大的成就"。马克斯·玻恩称它为"人类关于自然最不平凡的思考，融合了哲学洞察、物理直觉和数学技巧三方面最了不起的成果"。

阿尔伯特已经计算出太阳如何从9300万英里之外的地方透过虚无的空间，对地球产生了无形的吸引力。唯一可能发生牵引的物体是空间里唯一存在的东西，即空间本身。构成太阳和地球的物质使空间发生了弯曲。时间也会发生弯曲。时钟越靠近像地球这样巨大的物体，它就走得越慢。空间和时间被编织进一个叫作时空的连续体中。在某个人看来发生在某个时间的事情，对另一个人来说可能发生在另一个不同的时间。

阿尔伯特欣喜若狂。他向他的朋友们宣称，这是一种"美妙绝伦"的理论。他告诉索姆菲尔德，这是"我一生中最重大的发现"。

然而，当他陷入混乱的家庭困境中时，他的狂喜很快就消失了。

阿尔伯特本打算去看望汉斯·阿尔伯特，他十一岁的儿子却说自己不想见到父亲。"你那封信的语气很不友好，这让我非常失望。"他对汉斯·阿尔伯特说，"我明白我的到访几乎不会给你带来任何乐趣，因此我要坐两个小时二十分钟的火车去看望你的想法是错误的。"

阿尔伯特的圣诞礼物也让汉斯很不愉快。米列娃花 70 法郎给汉斯买了滑雪板。汉斯·阿尔伯特告诉父亲，米列娃买滑雪板的前提是要阿尔伯特出钱。阿尔伯特对此做出回复："我的确认为一个 70 法郎的昂贵礼物不符合我们普通家庭的生活状况。"

最终，阿尔伯特决定去苏黎世。他告诉米列娃："虽然机会渺茫，但我还是想过来，让小阿尔伯特开心。"

阿尔伯特没有马上从精疲力竭中恢复过来，再加上穿越德国边境仍是个难题，因此圣诞节探亲的计划泡汤了。阿尔伯特说他将在接下来的复活节探访。

"一个天才的妻子所承担的责任从来都不轻松。"贝索写信给阿尔伯特。贝索让阿尔伯特记住，米列娃"虽然刻薄，但十分善良"。

在完成看望孩子们的计划之前，阿尔伯特试图说服米列娃同意他们离婚。他解释道，埃尔莎的名声正被关于他们之间关系的传言所破坏。"这让我感到不安，"他对米列娃说，"……应该用正式的婚姻关系来补救。试着把你自己放在我的位置上想象一下。"

他前往苏黎世，看了汉斯，却没有见到米列娃。她对他紧闭房门。几个月后，她因心脏问题而卧床不起。

贝索和赞格尔再次尝试平息事态。对此，阿尔伯特的回复是，米列娃正引诱他们出洋相："你们不知道这个女人的狡猾是天生的。"

贝索认为阿尔伯特的评价令人难以接受，这是完全可以理解的。结果，汉斯·阿尔伯特不再给他的父亲写信了。

阿尔伯特照例在他的科研工作中寻求慰藉，并出版了《狭义和广义相对论浅说》。他把这本书读给埃尔莎的女儿玛格特听，玛格特毫不掩饰自己一句话都听不懂的事实。

他又一次和米列娃谈论离婚。他提出要给她更多的钱，并且还有个特别的想法是，如果有一天他获得诺贝尔奖，那么奖金将赠给米列娃——总计 135,000 瑞典克朗。她起初毫不理会他的想法，后来改变了主意——她生病了，身体虚弱；泰特住进了疗养院；米列娃的妹妹在精神病院；她的弟弟被俄罗斯人俘虏了。

阿尔伯特想要回答却没能回答的一个问题是，战争的结束和自己婚姻的结束，究竟哪一个先到来。

战争是一件事，他与米列娃的争斗也是一件，另外还有一件事情是，德国科研机构的反犹主义不断滋长，这给他的生活蒙上了阴影，他的心情也没那么愉快了。

帝国铁锤联盟（Reich Hammer League）让他感到厌恶不已。它是由特奥多尔·弗里奇（Theodor Fritsch）创办的，宣称犹太人已经玷污了德国。他们争辩说，他们的宣言有生物学基础。这个联盟试图把反犹组织联合起来，以恢复德国人的生活方式。它的标志是右旋"卐"字饰。弗里奇还建立了一个更隐秘的反犹分子网络，叫作"日耳曼秩序（Germanenorden）"，由一群神秘学者和共济会成员组成。帝国铁锤联盟和日耳曼秩序热烈欢迎战争，把它当作驱逐德国温和主义、重建纪律和军国主义的机会，并要求德国人专注于德意志物理学，而不是犹太物理学。

阿尔伯特的体重明显减轻，这让埃尔莎感到苦恼。她叫来了医生。医生建议阿尔伯特吃些意大利面食、米饭和诸如梅尔巴吐司之类的甜脆饼干。

埃尔莎为他找来了鸡蛋、黄油和山羊奶。尽管食物短缺日益严重，她还是找到了这些东西。她有一些生活富裕的朋友，他们在自家花园里养鸡、种菜。在没有土豆的情况下，她就煮芜菁，再用稀有的糖让它变得更可口。不管医生怎么说，她甚至还会偶尔买只鹅——这是几乎无法得到的奢侈品。她的厨艺让阿尔伯特非常满意,而且她谨慎地发挥料理家务的能力,让他完全不受干扰。在这方面,埃尔莎和米列娃很不一样。

这个国家的粮食危机一直是埃尔莎和朋友们讨论的话题。

"每个人都在责怪我们犹太人,"她对阿尔伯特说,"他们把粮食危机归咎于从东方涌来的犹太难民。他们还把我们视作中间人,说我们是犹太商人。"

"我们应该为这一切负责吗?"阿尔伯特问。

"他们是这样说的。"

"我是德国人,"阿尔伯特说,"你也是德国人。我的母语是德语。我们住在柏林。成为哪个国家的公民对我的感情生活没有任何影响。我把一个人同一个国家间的关系看作商业问题,更确切地说,是一个人同一家人寿保险公司间的关系。"

"那为什么呢?他们为什么憎恨我们?"

"对于任何一个正在经历极端社会、经济或政治难题的国家来说,犹太人都是完美的替罪羊。其原因来自两个方面:首先,世界上几乎没有哪个国家的人口中没有犹太种族。其次,无论犹太人住在哪里,他们都是人口中的少数,是人口很少的少数民族,因此他们没有足够的力量来抵御大规模的攻击,政府很容易就把诸如共产主义或社会主义等这样那样的政治理论归咎于犹太人,从而使注意力不再集中于他们自己所犯的错误上。"

"我听说有人指控我们发动了这场战争。"

"这种说法没什么新意。从古至今，犹太人曾被指控犯有各种各样的背叛罪，比如向水井中投毒或者谋杀儿童将其作为宗教祭品。这大多归咎于忌妒，因为尽管犹太人在各个国家人数很少，但其中总有大量的杰出公众人物出现。"

"阿尔伯特，这让我感到害怕。"

"亲爱的，我会保护你的。对我来说，德国是生活和工作最好的地方。"

"瑞士怎么样呢？"

"你是说回到苏黎世，然后住在米列娃附近吗？"

"你还是一个和平主义者吗？"

"我还是一个和平主义者。"

而当他得知化学药剂"齐克隆 B"时，他就很难再坚持和平主义了。

弗里茨·哈伯

阿尔伯特的朋友哈伯是凯撒·威廉物理化学研究所主任，他承诺自己的实验室将效忠于德意志帝国。

总参谋长埃里希·冯·法金汉（Erich von Falkenhayn）将军下令开始对化学武器进行试验。

哈伯穿着制服来到位于伊普尔的前线，一边抽雪茄，一边计算实施致命毒气袭击的时机。数千个氯气钢瓶已经在德国阵地准备就绪。几周后，他们终于在比利时等到了理想的盛行风，可以把毒气从自己的部队吹走。于是，在哈伯的亲自指导下，德国人释放了近6000罐超过168吨的氯气。令人恶心的黄色烟雾使5000名来自法国和比利时的士兵窒息而死。哈伯大获全胜。

"究竟是什么驱使人们如此残忍地杀害和损伤彼此？"阿尔伯特问海因里希·赞格尔。"我想，是男人的雄性特征引发了如此猛烈的爆发。"

克拉拉·哈伯

回到柏林后，哈伯安排了一场盛大的宴会来庆祝他成功晋升为上校。

他的妻子克拉拉（Clara Haber）是个和平主义者，现年四十四岁。她曾以优异的成绩毕业于布雷斯劳大学，并获得化学博士学位，成为德国首位获博士学位的女性。当时一家报纸还报道了克拉拉当众朗诵的誓言："从不用言语或文字来教授任何违背我个人信仰的东西，为了追求真理，为了将科学的威严提升到它应有的高度上。"丈夫的工作让她感到震惊，她对此公开表示过抗议。她说这是"对科学理想的歪曲，标志着人性的泯灭，破坏了这门本该为生活带来新视角的学科"。她丈夫对化学战的喜悦和自豪令她反感。她恳求他不要再研究毒气战了，而他却对她和其他听众说，她发表的言论是对祖国的背叛。

在给自己的朋友兼导师理查德·阿贝格（Richard Abegg）的信中，克拉拉抱怨道，弗里茨的成功就是她的失败。理查德·阿贝格曾在弗罗茨瓦夫科技大学担任外聘讲师，给她上过课。

在宴会结束后的凌晨时分，克拉拉拿着丈夫的军用手枪来到花园里，然后开枪自杀了。

她十三岁的儿子赫尔曼听到枪声就叫醒了他的父亲。克拉拉死在了赫尔曼的怀里。

第二天早上，哈伯丢下赫尔曼去处理这些事情，他自己则前往东部前线组织针对俄国人的第一次毒气袭击。克拉拉的自

杀一直是保密的，直到六天后当地的《格鲁内瓦尔德日报》
（*Grunewald-Zeitung*）报道称"哈伯博士的妻子在达勒姆开枪自
杀了，而他本人目前仍在前线。这个不幸的女人自杀的原因尚不
知晓"。

*

阿尔伯特密切关注着报纸上对于第二次伊普尔战争的报道。
联盟卫军炮轰了敌人的防线，等待德国的第一批进攻部队到达。
哈伯施放的氯气飘过无人区进入敌人的战壕，屠杀了法国和阿尔
及利亚殖民军队的两个师。

哈伯滥用科学的残暴行为完全不受控制。

在战争的最后几个月里，美国人来到了西部前线。奥匈帝
国——德国最亲密的盟友——开始分裂瓦解，捷克斯洛伐克、波
兰和匈牙利纷纷寻求独立。

威廉二世发现自己面对的，是鲁登道夫（Ludendorff）将军
建议他求和，巴登的总督马克西米连·亚历山大·弗里德里希·威
廉（Maximilian Alexander Friedrich Wilhelm）王子组建了内阁，新
祖国联盟的和平主义者们要求释放政治犯。

德国正在失去法国战场，而德国海军也叛变了。

1918 年 11 月 9 日，威廉二世流亡荷兰。

两天后，德国签署了由英法两国起草的停战协议，战火平息了。

在第十一个月的第十一天上午 11 点，第一次世界大战结束了。

然而，阿尔伯特和米列娃之间的对峙仍在持续着。双方都把责任归咎于生病。米列娃说她不想挡住他的幸福之路。她要求阿尔伯特让他的律师给她的律师写信。最终，尽管阿尔伯特感到非常恼火，还是同意在柏林为苏黎世离婚法庭做证，承认自己通奸。

接下来的年初，他在瑞士做了一系列讲座。2 月 14 日情人节那天，正是阿尔伯特生日前一个月，离婚终于达成了。然而，在"结束所有战争的战争"结束后的一段时间里，德国政界一片混乱；与此同时，阿尔伯特和米列娃离婚后，他们的家庭也处于动荡之中。米列娃和她的孩子们需要接受昂贵的疗养院和医院治疗以及家庭护理。

泰特两次患上流行性感冒。

"你能做些什么呢？"埃尔莎问阿尔伯特。

"对于孩子们吗？我一直都是风琴手，只会转啊转……你想听我的一首小诗吗？"

埃尔莎笑了。

我一直都是风琴手，

只会转啊转啊，

直到麻雀在屋顶上将它唱出，

直到最后那个坏蛋理解了它。

最后那个坏蛋没能守住自己爱上另一个女人的秘密。这个女人正是二十一岁的伊尔瑟，她是阿尔伯特准新娘的二女儿。

伊尔瑟对格奥尔格·尼科莱（Georg Nicolai）说："昨天，我们突然提到阿尔伯特是否希望娶我妈妈或我的问题……阿尔伯特拒绝做出任何决定；他已经做好了娶我或我妈妈的准备。我知道阿尔伯特非常爱我，或许比其他任何人都爱我，他昨天也这样亲口对我说……我从未想过或者有过丝毫的欲望要亲近他的身体。他却有完全不同的想法——至少最近是这样的——他甚至对我坦言，自己很难把持住……"

后来，阿尔伯特邀请伊尔瑟担任他的秘书。

"为什么呢？"她问。

"为了保持和尽可能地提升你的少女魅力。我正要去挪威旅行。伊尔瑟，我会带上埃尔莎或者你。但因为你更健康、更务实，所以你更合适。"

埃尔莎的另一张明信片

"阿尔伯特，上床睡觉吧。"埃尔莎边脱衣服边说。

"妈妈，你要穿自己的特殊睡衣吗？"

她穿上睡袍。

阿尔伯特把睡袍掀至她的腰以上，她紧紧地抱着他，引导他进入自己的身体。

他感到心满意足，慢慢地离开她的身体，松了口气："伊尔瑟，我爱你。伊尔瑟……我亲爱的。"

埃尔莎肌肉紧绷："你叫我什么？"

"我亲爱的。"

"你叫了我伊尔瑟。你和我做爱,却用我女儿的名字叫着我。"

"你在说什么呢？"

"所以你迷上了伊尔瑟。"

"这是口误。"

"你的舌头一直在我的嘴里。你的身体与我的身体交融。你对伊尔瑟也这样做了吗？"

"不，我没有。"

"你爱她吗？"

"不，我不爱她。"

"不要再提伊尔瑟了，"埃尔莎说，"再也不要说了。"

"不提伊尔瑟了，"阿尔伯特说，"再也不提伊尔瑟了。"

"你想让我成为你的妻子吗？"

"你知道这正是我想要的——这比世界上的一切东西都重要。"

"阿尔伯特，你将如何证明呢？"

"用一个方程。"

"用一个方程？我不想要方程。我想要你。"

"好的。其实就是'阿尔伯特＋埃尔莎＝埃尔莎＋阿尔伯特'。这是我送给你的礼物。"

"阿尔伯特，我也有个礼物给你。"

"是什么呢？"

"我保证让你闻名于世。"

  男人娶女人时希望她们永远不变。女人嫁给男人时则希望他们会有所改变。

  唯一不变的是男人和女人都会感到很失望。

——阿尔伯特·爱因斯坦

埃尔莎和阿尔伯特，1919 年 6 月 2 日

埃尔莎没有帮助阿尔伯特成为世界名人，但国际媒体做到了。

1919 年 11 月 10 日、11 月 16 日和 12 月 3 日的《纽约时报》

《柏林画报》

世界历史中的一颗新星：阿尔伯特·爱因斯坦，他的研究彻底革
新了我们对于自然的理解，他的见解之重要，是哥白尼、开普勒和牛
顿三人成果加一起的总和。

两年后的1921年，为了纪念阿尔伯特首次访问美国，威廉·卡
洛斯·威廉姆斯（William Carlos Williams）写了《如水仙花般的圣·弗
朗西斯·爱因斯坦》（*St Francis Einstein of the Daffodils*）：

> ……爱因斯坦在四月
>
> 穿过繁花盛开的水域
>
> 叛逆地大笑着，
>
> 在自由女神的断臂下
>
> 他来到了水仙花丛中，
>
> 大声喊道，
>
> 花和人
>
> 生来平等。
>
> 老旧的知识
>
> 在盛放的桃树下凋零……

波琳已经六十二岁了，在卢塞恩探望女儿玛雅和女婿保罗
时，她被诊断为胃癌晚期，然后住进了罗斯诺疗养院（Rosenau
Sanatorium）。

波琳·爱因斯坦在她最后的日子里

阿尔伯特把波琳接到哈勃兰德斯大街 5 号，他和埃尔莎照顾着她。在她最后的日子里，他试图通过讲述自己获得成功的事迹来帮助她振作精神。

波琳死后，阿尔伯特对埃尔莎说："现在我知道看着自己的母亲经受死亡的痛苦却无能为力是怎样的滋味了；没有什么能够聊以慰藉。我们都得承受如此沉重的负担，因为这些生命中的重担是不可改变的。"

阿尔伯特告诉保罗·埃伦费斯特，他对政治的幻想破灭了。

"在'一战'期间，我认为盟军取得的胜利是极大的罪恶。现在，我认为他们的罪恶似乎还比不上德国。"

"什么意思？"埃伦费斯特问道。

"国内政治是极不光彩的：反动派的一切可耻行为都被伪装成令人厌恶的革命行动。我真不知道他们怎么会以斗争为乐。"

　　"难道你真的没有从事情的发展进程中获得任何乐趣吗？"

　　"最让我高兴的是在巴勒斯坦成立了一个犹太国家。我们的同胞确实更友好，至少没有这些可怕的欧洲人残忍。也许，只有中国人独自幸存下来，情况才能变得更好；他们把所有欧洲人统称为'强盗'。"

库尔特·布鲁门菲尔德

　　库尔特·布鲁门菲尔德（Kurt Blumenfeld）出生于德国，是个来自东普鲁士马尔格拉伯瓦（Marggrabowa）的犹太复国主义者，也是世界犹太复国主义者协会（World Zionist Organisation）的秘书长。布鲁门菲尔德到柏林拜访阿尔伯特，打探阿尔伯特对于犹太复国主义的看法。

　　"我反对民族主义，但支持犹太复国主义，"阿尔伯特告诉他，"一个人长着两只胳膊，却总在说他有一只右臂，那么他就是沙文主义者。然而，当右臂缺失时，他就必须做些什么来弥补这条缺失的手臂了。"

"你反对犹太复国主义？"

"不。作为一个人，我反对民族主义；但作为犹太人，我支持犹太复国主义者所做的努力。犹太复国主义者的事业非常符合我的心愿。我对犹太人聚居区的幸福和发展充满信心，我也很高兴在这个地球上存在这么一小片地方，在这里我们犹太人不再是外来人口。一个人可以在拥有国际化的思维的同时不放弃对自己种族同胞的关注。我将全力支持哈伊姆·魏茨曼（Chaim Weizmann）。我已经收到了许多让我去美国讲课的邀请，而魏茨曼也建议我和他一起出现在美国东海岸城市。另外，我打算在普林斯顿大学做报告。因此，我会认真考虑魏茨曼的提议。"

阿尔伯特想到，在美国讲学将让他赚到一些钱——还是稳定的货币——这样就能负担起米列娃在苏黎世的生计了。"我问普林斯顿大学和威斯康星大学要了 15,000 美元，"他告诉埃伦费斯特，"这可能会把他们吓跑。但如果他们真的感兴趣，我将为自己赢得经济上的独立——这不是一件让人嗤之以鼻的事情。"

美国的大学没有付钱。"我的要求太高了。"他对埃伦费斯特说。

于是，他计划在布鲁塞尔第三届索尔维会议上发表一篇论文，再到莱顿大学为埃伦费斯特授课。

然而，当中央联盟（Centralverein）—— 一个由具有犹太信仰的德国人成立的组织邀请阿尔伯特发表演说时，他却告诉他们"那些主张社会同化的犹太人努力忘却犹太人的所有东西，这在非犹太人看来似乎有些滑稽可笑，因为犹太人是一个与众不同的民族。反犹主义的心理根源在于犹太人是自成一体的一群人，他们的犹太特性从外表上就能看出来，别人也能从犹太人的学术工作中发现犹太人的传统"。

随后，哈伊姆·魏茨曼从世界犹太复国主义者协会给阿尔伯特发了一封电报，邀请阿尔伯特和埃尔莎到美国做巡回演讲，以此为耶路撒冷的一所大学筹集资金。

阿尔伯特接受了，他说："我一点也不想去美国，我仅仅为了犹太复国主义者的利益才去的。他们必须寻求美国的资金支持，这样才能在耶路撒冷创办教育机构，而我则充当了他们的祭司长和诱饵……我会尽己所能地帮助那些在所到之处都被恶劣对待的犹太人。"

后来行程确定了。

他告诉弗里德里希·赞格尔（Friedrich Zangger）："星期六我要动身去美国——不是在大学发表演说，尽管也可能会有这方面的额外工作，而是为在耶路撒冷创建犹太大学提供帮助。我感到这项事业迫切需要我为它做些什么。"

埃尔莎激动不已。"必要时，你可以担任我的利益代言人。"
阿尔伯特对她说。

"我会告诉美国人关于我所知道的阿尔伯特的一切。"她说。

"太好了，"阿尔伯特说，"太好了。"

哈伊姆·魏茨曼

有一个人被阿尔伯特的决定激怒了，他就是从犹太教的信奉
者彻底转变为普鲁士人的弗里茨·哈伯。哈伯认为，阿尔伯特代
表犹太复国主义组织访问战时的敌国将会凸显犹太人是坏德国人
这一观念。

此前，哈伯还很高兴阿尔伯特能够参加布鲁塞尔的索尔维会
议。"这个国家的人民会把它当作犹太人不忠诚的证据。"当他
听说阿尔伯特决定访美时写道。

阿尔伯特反对哈伯把犹太人看作信仰犹太教的民族。"尽管
我具有坚定的国际主义信念，"阿尔伯特说，"但我总觉得有义

务捍卫我的那些遭受迫害和道德压迫的种族同胞。成立犹太大学
的事情让我特别欣喜，因为我最近看到了无数案例——那些优秀
的年轻犹太人被不忠实、不公正地对待，当局企图拒绝给予他们
接受教育的机会。"

阿尔伯特和埃尔莎从荷兰启航，
乘坐"鹿特丹"号横渡大西洋，
旅途长达九天

纽约市

　　阿尔伯特和魏茨曼抵达纽约港后，纽约市长约翰·黑仑（John
Hylan）为他们颁发了荣誉市民证书。

　　在从炮台公园行进至科莫多尔酒店的途中，数千名犹太复国
主义者排列在街头，手持"白底两蓝带，中间是大卫之星"的犹
太旗帜，希望能亲眼目睹他们领袖的风采。阿尔伯特受到了热烈
的欢迎。黑仑市长派出的欢迎委员会在酒店等着这些来访的客人，
要把他们护送到市政厅。当阿尔伯特离开酒店大楼时，他被同事
们举过肩膀，他们乘坐的汽车穿过为庆祝胜利而游行的人群。

市长在市政厅会客室接待了这一行人。阿尔伯特穿着一条破烂不堪的裤子和一件针织套衫四处徘徊，神情恍惚，满脸困惑。代表团的成员们需要时不时地轻轻碰他一下，提醒他跟忠实的崇拜者们握手。因为很多人想听他讲话，所以他就站在台阶上说了几句。

新闻界希望得到更多关于他的信息。

《城市新闻报》（City News）的记者问道："您能不能用一句话给我们讲下您所提出的相对论究竟是什么意思？"

"我这一生，"阿尔伯特用德语说，"都在力争用一本书把相对论解释清楚。现在，你让我用一句话来讲述它。"

《论坛报》（Tribune）的记者问道："教授，您认为美国怎么样？"

"抱歉，我还没真正到过美国。"

"您觉得美国女人怎么样？"

"抱歉，我还没见过美国女人。"

"教授，您的理论将会对普通大众产生什么影响？"《纽约时报》的记者问。

阿尔伯特失望地环顾四周，在混乱中离开了房间，埃尔莎紧随其后。她刚刚丢失了一副金制的长柄眼镜。市长悬赏要找到它，但无济于事。

位于百老汇第 39 号大街上的大都会歌剧院座无虚席，犹太复国主义者们在这里举办了一场官方招待会。

当来客们出现在舞台上时，观众大声欢呼表示赞许，并唱起了《希望之歌》。

> 我们的希望还未破灭，
>
> 两千年来一直希望
>
> 做个自由人，在我们的土地上，
>
> 在锡安和耶路撒冷。

阿尔伯特在莱克星顿大街的第六十九军团军械库向数千名参加聚会的群众发表了演说。哈丁总统致慰问电："这次到访一定会让人们想起犹太民族为人类做出的巨大贡献。"

美系犹太人玛丽恩·温斯坦（Marion Weinstein）采访了埃尔莎。埃尔莎选取了一些有利于阿尔伯特的片段读："她美得像一幅精美的画。男人们喜欢她天生的女性气质，艺术家们选择她作为圣母像的原型，犹太人把她描绘为理想的'犹太人之母'。爱因斯坦夫人穿着一件造型简单的布裙，上身穿了一件带有精致刺绣的紫色丝绸罩衫。你看到她就会联想到水深而清凉的池子和温暖惬意的阳光。当她向你讲述在这次美国之行的旋涡中发生的那些有趣经历时，她美丽的蓝眼睛和漂亮的牙齿因笑意而闪闪发亮。"

"你自己都写不了这么好。"阿尔伯特说。

"你也是。"埃尔莎说。

他们前往华盛顿特区，阿尔伯特向美国国家科学院做了报告。

哈丁总统对于在白宫会见阿尔伯特和埃尔莎并不热情，但他还是接见了他们，并表示自己不了解相对论。

阿尔伯特在普林斯顿大学做了五场关于相对论的讲座，还获得了这所大学的荣誉博士学位。

随后，他又和魏茨曼一起去了哈佛大学和波士顿大学。在波士顿大学，人们用军乐队来迎接他。晚上，波士顿市长安德鲁·皮特斯（Andrew J. Peters）举办了一场合乎犹太教规定的宴会。市长说："我们中的很多人或许听不懂爱因斯坦教授对空间数学特性的论述，但我们都能理解他拒绝签署默许入侵比利时的宣言。"

到了克利夫兰，犹太商人关闭商店，涌上街头为他欢呼。

阿尔伯特告诉贝索："这两个月让我感到精疲力竭，但现在已经过去了，而我则从中获得了巨大的满足感，因为我对犹太复国主义事业还是有所帮助的，并确保了犹太大学的成立……真想不到我竟然能够坚持下来。不过，现在一切都结束了，只剩下做了好事之后的美妙感觉。"

阿尔伯特和埃尔莎都疲惫不堪，他们乘坐英国白星航运公司的"凯尔特人"号远洋班轮回到欧洲，行程约有九天。

1922 年 6 月 24 日，阿尔伯特的朋友，魏玛共和国外交部长瓦尔特·拉特瑙（Walther Rathenau）乘坐敞篷汽车离开他在格鲁内瓦尔德的住处，这个地方距离柏林只有十分钟的车程。在瓦罗特大街（Wallotstraße）和国王大道（Königsallee）的交叉路口，有辆汽车停在拉特瑙的车旁，挡住了它的去路。一个持枪歹徒连开五枪，另一个人朝车里扔了一颗手榴弹。拉特瑙当场死亡。

拉特瑙经常对阿尔伯特说，虽然他效忠德国，却得不到认可。"我的心情很沉重……像我这样的人又能在这个周围满是敌人的麻木世界里做些什么呢？"拉特瑙收到过无数次死亡威胁。他听说在一个叫作"上西里西亚自卫联盟（Upper Silesian Selbstschutz）"的准军事组织里，成员们反复喊道："该死的瓦尔特·拉特瑙。开枪打死他，这个肮脏的犹太人。"因此，警察建议他随身带一把手枪。

暗杀拉特瑙的是二十三岁的法律系学生欧文·克恩（Erwin Kern）和二十六岁的机械工程师赫尔曼·费舍尔（Hermann Fischer）。他们两人都是金发碧眼，以前做过军官，还是右翼反犹太恐怖组织"康素尔（Consul）"的成员。负责开车的是恩斯特·维尔纳·特肖（Ernst Werner Techow）。

凶手们逃到了位于德国首都以南约两百公里的瑙姆伯格的萨拉克城堡（Saaleck Castle）。但他们却错误地留了一盏灯亮着。当地居民意识到城堡的租户——一个极右翼势力的支持者并不在家，于是他们就报警了。当警察试图逮捕克恩时，克恩大声喊道："埃尔哈特（Ehrhardt）万岁。"警察开枪打死了克恩。费舍尔饮弹自尽。特肖被捕并被判处十五年监禁。联邦检察官引证他们的犯罪动机是"盲目憎恨犹太人"。

德国民族主义者谋杀了数百名政府官员和激进分子。其中两名激进的民族主义者企图谋杀魏玛共和国前社会民主党总理菲利普·谢德曼（Philipp Scheidemann）。他们朝他的脸上喷洒氰化氢，但是最终没能得逞。

在拉特瑙葬礼当天，海德堡大学曾经获过诺贝尔奖的物理学教授菲利普·勒纳禁止学生"因为一个犹太人的死亡"而逃他的课。勒纳拒绝降旗以示尊重，于是被一群愤怒的学生从实验室拖出来，他们还要把他扔到内卡河里。校方训斥了勒纳，后来他提出了辞职。但当他发现接替自己的候选人是两位非雅利安人——詹姆斯·弗兰克（James Franck）和古斯塔夫·赫兹（Gustav Hertz）时，他撤回了自己的辞职申请。

在阿尔伯特看来，这些学术政治上的花招不过是飘在空中的空稻壳，而与之相比，政治谣言却动摇了德国的核心。

拉特瑙被暗杀以来，阿尔伯特的生活一直处于紧张不安中。他总是保持着警惕。他停止了授课，正式告别了教职岗位。反犹主义十分恶毒。

魏茨曼描绘了一幅黑暗的画面："世界上所有的阴暗人物都

在针对我们。卑躬屈膝的富裕犹太人、黑暗狂热的犹太愚民，与
梵蒂冈和阿拉伯刺客勾结在一起，还有英国帝国主义反犹反动分
子们——总之，所有的狗都在嚎叫。在我的一生中，我从未感到
如此孤独——又如此确定和自信。"

对此，阿尔伯特和埃尔莎表示赞同。他们应该把自己从无休
止的仇恨潮中解脱出来。

"读读这个，"阿尔伯特对埃尔莎说，"恶魔在慕尼黑皇家
啤酒屋（Hofbräuhaus）发表的讲话。"

犹太人并没有越变越穷，他们逐渐臃肿起来，如果你
不相信，请你去我们的疗养胜地看一看；在那里，你会发
现两类游客：一类是德国人，他们可能是很长时间以来才
第一次去那里，为了呼吸一点新鲜空气，为了恢复健康；
另一类是犹太人，他们去那里减肥。如果你去山里，你会
在那里看到有人穿着崭新的精致黄靴子，背着华丽的帆布
包，而且包里通常没有什么真正有用的东西；他们是谁？
为什么会在那里呢？

他们常去的酒店不会超出火车能带他们抵达的范围——
火车停在哪里，他们就在哪里停下。然后他们在酒店附近一
英里内的地方呆坐着，就像一群苍蝇围着一具尸体似的。

你可以肯定，这些人不是我们的工人阶级，既不是用脑

力工作的人，也不是体力劳动者。他们穿着破旧的衣服，从酒店一侧离开，继续攀登高山，他们觉得穿着始于1913或者1914年的西服进入这种香气弥漫的环境很不舒服。是的，犹太人确实没有受过苦！右翼分子已经完全忘了民主制度根本就不是德国人的，它是犹太人的。他们已经完全忘了犹太人的这种民主制度采用多数决定法，而这永远都只是摧毁任何现存雅利安人领导的手段。右翼分子并不明白，每一个关乎利益或损失的小问题一旦被置于所谓的"公众舆论"面前，那么谁知道如何最巧妙地让"公众舆论"为自己的利益服务，谁就能立即成为这个国家的主人。如果一个人可以用最狡猾、最无耻的方式撒谎，他就能做到这一点。最后，这个人不是德国人，而是叔本华所说的"说谎艺术的大师"——犹太人。

作为一名基督教徒，作为一个人，我在无限的爱意中读完了这段经文——它向我们讲述了主最终如何用尽全力抓住鞭子把毒蛇及其后代赶出神庙。主为了全世界同犹太人的毒物作战，这该多么激烈！

在两千年后的今天，我怀着最深厚的感情，比以往任何时候都更深刻地认识到——事实上，正是因为这场斗争，祂才不得不把鲜血洒在十字架上。作为一名基督教徒，我不能让自己受骗，但我有义务成为一名为真理和正义而战的斗士。作为一个人，我有责任确保人类社会不会像两千年前的古代文明那样悲惨地坍塌——古代文明正是被这同一群犹太人所毁灭的。

"简直就是撒旦之言。"埃尔莎说。

阿尔伯特一提到伯特兰·罗素的名字总会十分高兴。他给我读了一封罗素寄给科莱特·马勒森（Colette Malleson）夫人的书信："《圣经》是多么古怪的著作……一些经文非常有趣。如《申命记》二十四章第五节：'新娶妻之人，不可从军出征，也不可托他办理什么公事，可以在家清闲一年，使他所娶的妻快活。'我从未想过'快活'竟然是出现在《圣经》中的词语。还有另一处鼓舞人心的经文：'"与岳母行淫的，必受咒诅！"百姓都要说："阿们！"'圣保罗关于婚姻的说法：'我对着没有嫁娶的和寡妇说，若你们常像我就好。倘若自己禁止不住，就可以嫁娶。与其欲火攻心，倒不如嫁娶为妙。'这是教会沿用至今的信条。显然，'与其欲火攻心，倒不如嫁娶为妙'这句经文传达出神的目的是让我们所有人都感到地狱的折磨是十分可怕的。"

——咪咪·蒲福，普林斯顿市，新泽西州

日本出版商兼作家山本三郎（Sanehiko Yamamoto）请罗素推

荐世界上最伟大的两位思想家来日本演讲。罗素给出的名字是列宁和爱因斯坦。

列宁由于正全身心投入在俄国苏维埃联邦社会主义共和国的统治中而没有接受邀请；而阿尔伯特喜欢坐船远途旅行，演讲的报酬也很吸引他，而且他还能带着埃尔莎一起去，因此乐意前往。但后来他又收到了另一份邀请，更确切地说，只是暗示要邀请他。

这份邀请来自斯德哥尔摩诺贝尔物理化学研究所主任斯万特·阿列纽斯（Svante Arrhenius）。他是 1903 年诺贝尔化学奖获得者，同时对物理学有着浓厚的兴趣。阿列纽斯听说了阿尔伯特受邀去日本的消息。他写信给阿尔伯特："对你来说，十二月来斯德哥尔摩或许是个很好的选择。不过如果你那时在日本，这就不太可能了。"

阿尔伯特对这两份邀请犹豫不决。

十二年前，阿尔伯特首次因研究狭义相对论而获得奥斯特瓦尔德（Friedrich Wilhelm Ostwald）的提名。但是，瑞典委员会闪烁其词，因为人们认为诺贝尔奖应该颁给"最重要的发现或发明"。把奖颁给阿尔伯特，委员会需要更多理由。从那时起，阿尔伯特就经常被一些人士提名，包括 1911 年诺贝尔物理学奖获得者、《物理学年鉴》的共同主编、慕尼黑大学物理学教授也是伦琴的继任者威廉·维恩（Wilhelm Wien）。此外，尼尔斯·玻尔（Niels Bohr）也支持阿尔伯特，还有洛伦兹。另一方面，阿尔伯特作为

"犹太科学"的领导者，勒纳正带头反对他。结果，瑞士塞夫尔国际度量衡局（International Bureau of Weights and Measures）的负责人查尔斯·爱德华·纪尧姆 （Charles Édouard Guillaume）获得了 1920 年的诺贝尔奖。

第二年，阿尔伯特获得了十四个人的提名，包括普朗克和亚瑟·爱丁顿（Arthur Eddington）。但仍然存在强烈的反对声，最明显的是来自乌普萨拉大学眼科学教授、1911 年诺贝尔生理学奖得主阿尔瓦·古尔斯特兰德（Allvar Gullstrand）。

古尔斯特兰德认为阿尔伯特的研究无足轻重。然而，他错误地说广义相对论的影响"是可以通过物理方法衡量的，其影响如此之小以至于一般来讲低于实验误差界限"。他还错误地解释了其他人所做的实验。

阿列纽斯对光电效应的报告同样充满了不屑。结果，关于 1921 年诺贝尔物理学奖得主的决定被推迟到了次年，而在 1922 年，阿尔伯特又获得了提名。古尔斯特兰德受命写一份他对相对论的最新报告。他再次出来反对阿尔伯特。委员会的另一名成员卡尔·威廉·奥森（Carl Wilhelm Oseen）是斯德哥尔摩诺贝尔理论物理研究所主任，委员会请他对光电效应进行重新评估，他支持了阿尔伯特。阿尔伯特将被授予延期颁发的 1921 年诺贝尔物理学奖——但不是因为相对论，而是因为他在 1905 年对光电效应做出的解释。据此解释，只有在特定频率的光照下，电子才会从金属板内逸出。所以说，他们把诺贝尔奖颁给阿尔伯特是因为一条定律，而不是因为一种理论。

委员会的策略是同时给阿尔伯特和尼尔斯·玻尔两人颁奖——阿尔伯特获的奖表面上看是追溯到 1921 年，玻尔获得的则是同期 1922 年的奖项。

阿列纽斯小心翼翼地维护着委员会这些复杂而混乱的阴谋。

阿尔伯特想到，他曾在 1915 年允诺，如果有一天他获得诺贝尔奖，那么将会把奖金赠给米列娃。这相当于 135,000 瑞典克朗。她最初拒绝这个提议，后来又改变了主意。

接下来的问题是：是向北去斯堪的纳维亚还是向东去日本？

最终，东方国家占了上风。

"我们要离开多久呢？"埃尔莎问。

"六个月。也许会更久。"

1922 年 10 月，阿尔伯特和埃尔莎离开柏林，挤上了开往法国马赛的通宵列车。他们在马赛港登上日本的"北野丸"号邮轮，去往神户的旅程将需要一个多月的时间。

阿尔伯特和埃尔莎坐在甲板上，看着同行的日本乘客，特别是那些顽皮的孩子。"这些小脸蛋，"阿尔伯特兴奋地说，"让我想起了花。Sakura 是日本樱花。Momo 是桃树。Sakurasou 是报春花。漂亮。太漂亮了。"

阿尔伯特读了亨利·柏格森（Henri Bergson）所写的《关于爱因斯坦理论中的共时性和历时性问题的论述》（*Durée et simultanéité à propos de la théorie d'Einstein*）。柏格森认为，经验和直觉对于理解现实比抽象的理性主义和科学更重要，但是阿尔伯特并不信服他的观点，转而阅读恩斯特·克雷奇默（Ernst Kretschmer）的《体型和性格》（*Body Structure and Character*）一书。在该书中，克雷奇默认为人的面部、头骨和身体方面的物理特征与性格和精神疾病有关。

阿尔伯特向埃尔莎解释说，克雷奇默"坚持不懈地为病人测量和拍照，他认为自己的研究跨越了精神病学和人类学这两个领域"。

在机房和船体之间专属于他们的舱室里，阿尔伯特和埃尔莎脱得一丝不挂，互相比较双方的身体。

三种主要的身体类型包括：

A. 瘦长型（瘦弱娇小）：与内向和胆怯有关，像是精神分裂症阴性症状的较温和的形式。

B. 强壮型（肌肉发达，骨骼较大）：易患癫痫。

C. 矮胖型（矮壮，肥胖）：友好，群居，依赖人际交往，易患躁郁症。

阿尔伯特说："我们是 C 型。"

"我是 G 型。"埃尔莎说。

"G 型是什么？"

"舒适型（gemütlichkeit）。"

"啊！"

"上床睡觉吧，"埃尔莎说，"我会证明这点的。"

"北野丸"号邮轮在塞得港短暂停靠后，向南行驶穿过红海和亚丁湾，再横跨阿拉伯海。

当船离开苏门答腊岛海岸时，阿尔伯特看到了海市蜃楼幻景，他欣喜若狂。可是，他的兴奋之情很快因疼痛的痔疮和剧烈的腹泻而减弱了。

幸运的是，胃肠道和中枢神经系统外科学专家哈亚里·三宅 (Hayari Miyake) 教授和阿尔伯特同船。他建议阿尔伯特每天喝八杯水，在甲板上步行三十分钟，以促进排便。

然而，不幸的是，同行的乘客对他进行"狂轰滥炸"，纷纷请求和他合影，因此他不得不在黎明前开始并结束散步。

阿尔伯特在抵达新加坡时发现哈伊姆·魏茨曼已经提前联系了那里的犹太人。他成功获得了大企业家、慈善家玛拿西·迈耶（Manasseh Meyer）爵士给希伯来大学的 500 英镑捐款。

阿尔伯特在日记中粗略地描述了迈耶："大富豪身材颀长，

站得笔直，尽管已经八十岁了，却有着坚定的意志力。他蓄着小小的灰色山羊胡，长有窄窄的犹太式弯钩鼻子，红红的脸颊上布满了毛发，两只眼睛透露出聪明甚至几分精明，小小的黑色帽子下面是他拱起的前额。他与洛伦兹很像，但洛伦兹的眼睛散发的是仁慈的光芒，而玛拿西的眼睛则透出谨慎、狡猾；他的面部呈现出更多的粗线条，而不是洛伦兹那样的对人类和团结的热爱。"

在香港停留之后，"北野丸"号继续沿着扬子江向北行进，于 1922 年 11 月 13 日抵达上海。唱诗班唱着《德意志高于一切》以示欢迎。随后，官方人员陆续登船。其中包括德国领事普菲斯特（Pfister）及其妻子。紧接着是物理学家稻垣（Inagaki）及其妻子。最后是瑞典总领事克里斯蒂安·伯格斯多姆（Christian Bergstrom），他先介绍了自己，然后递给阿尔伯特两个信封。

第一个信封的邮戳是"斯德哥尔摩 1922.11.10"。

阿尔伯特打开信封，里面是一封电报："获诺贝尔物理学奖。后附更多细节。C. 奥里维里斯（C. Aurivillius）。"

第二个信封的邮戳是类似的"斯德哥尔摩 1922 年 11 月 10 日"。阿尔伯特读道：

正如我已经通过电报告诉您的那样，瑞典科学院在昨天的会议上决定授予您 1922 年诺贝尔物理学奖，以表彰您在理论物理学方面的作为，尤其是您发现的光电效应原理，但他们未能考虑您所提出的相对论和万有引力理论。在您发出接受颁奖的通知后，表彰证书和金色勋章将于 12 月 10 日召开的年度大会上颁发给您。

因此，我谨代表科学院邀请您前来参会，亲眼见证奖品和亲自接受颁奖。

如果您来斯德哥尔摩，您最好能在颁奖的第二天发表演讲。

我们希望能有幸在斯德哥尔摩见到您。此致，谨上

克里斯蒂安·奥里维里斯（Chr. Aurivillius）

秘书长

"怎么了？"埃尔莎问。

"这是天大的消息。太好了。"

"什么天大的消息？"

"瑞典总领事说祝贺我。"

"祝贺你什么？你为什么这么高兴呢？"

"一张桌子，一把椅子，一碗水果和一把小提琴；一个人还需要什么才能感到快乐呢？"

埃尔莎读完电报和来信，激动地哭了起来。

那天晚上，阿尔伯特和埃尔莎在"一品香"餐厅与教育界的名人要士和一群充满敬畏之情的日本记者共同用餐。

阿尔伯特坐在刘王立明旁边。德国领事告诉阿尔伯特，刘王是双周杂志《女性之声》的出版人，这本杂志开创了女性政治写作的先河。

她敏锐地觉察到阿尔伯特的情绪。

"您似乎，"她说，"对自己获诺贝尔奖完全无动于衷。"

"你知道《麦克白》吗？"

"当然了。"

"'熄灭吧，熄灭吧，短暂的烛火！人生不过是一个行走着的影子，一个在舞台上指手画脚的拙劣伶人，登场片刻，就在无声无息中悄然退下。它是一个愚人所讲的故事，充满着喧哗和骚动，却找不到一点意义。'"

"'世界是个舞台'这个想法让您感到沮丧？"

"你说得很对。'任何在真理和知识领域自命为法官的人都会被众神的笑声所湮灭。'我一直保持着良好的心态，绝不会把自己和下一个获奖者当回事。记住马克·吐温说的话：'神灵不会对智力给予任何回报。人们不会对智力表现出丝毫兴趣。'"

"您要在颁奖典礼上说些什么吗？"

"我想说的是，'如果我们想要抵制那些扬言要镇压学术自由和个人自由的强权，我们就必须清楚地知道潜在的风险是什么，以及我们应该为先辈们历经艰苦奋斗才为我们赢得的自由做些什么。'"

"您想到了哪些强权呢？"

"民族社会主义德国工人党。纳粹党。"

阿尔伯特和埃尔莎在上海做了短暂的停留，当他们回到"北野丸"号时都松了一口气。轮船快速地驶过黄海，一周后停靠在神户码头。

他们从神户出发前往京都，晚上住在宫古酒店，然后又坐了十个小时的火车到达东京。

德国驻日本大使威廉·海因里希·索尔夫（Wilhelm Heinrich Solf）向柏林报告道：

爱因斯坦教授在日本的旅行像是一次胜利的游行。日本全体民众，从最高层的要员到人力车夫，都自发参与进来，没有任何准备和忙乱。爱因斯坦抵达东京时，一大群人在车站等着，以至于警察都无力控制那些有生命危险的人群。成千上万的日本人涌向他的演讲现场——每人花费 3 日元——爱因斯坦的学术发言变成日元流进了山本先生的口袋里。

两千人聚集在庆应义塾大学最大的演讲厅听他讲述相对论。他的第一场演讲被石原悭（Yun Ishiwara）教授逐字逐句地翻译成日语。这场演讲持续了四个小时。

此外，还有茶道、午餐、晚宴、菊花节、招待会、参观佛教寺庙、音乐会等活动。"所有的目光都集中在爱因斯坦身上。"德国大使说。阿尔伯特演讲的地方包括东京东北部本州岛上的仙台市、东京北部山区的日光市、中部地区的名古屋市、京都市以及九州岛北海岸的福冈市。在门司港基督教青年会举办的圣诞晚会上，他还为孩子们演奏了小提琴。

第二天，阿尔伯特和埃尔莎搭乘"榛名丸"号邮轮离开日本，渡过印度洋向西航行。

他们先乘轮船，后来又乘渡轮到达特拉维夫东南部的卢德市，全程历时近两个月。阿尔伯特心情愉悦，轻松自在；他喜欢晴朗夜空中的星星。他于白天完成了对爱丁顿相对论思想的评论，并赶着时间把它从塞得港寄给了普朗克。

为庆祝在海上的最后一个夜晚，船长举办了告别晚宴。其间，一个英国寡妇给了阿尔伯特一英镑，要捐给耶路撒冷大学。

英国驻巴勒斯坦的首任高级长官赫伯特·塞缪尔（Herbert Samuel）爵士为阿尔伯特和埃尔莎担任东道主。

阿尔伯特陶醉在约旦山谷、耶利哥古迹和美好的风景中，痴

巴勒斯坦，1922 年

迷于贝都因人。他觉得这些都很壮观。

首席检察官诺曼·本特威奇（Norman Bentwich）和他的妻子海伦为阿尔伯特安排了一场音乐晚会。阿尔伯特用借来的小提琴演奏了莫扎特的曲子。

特拉维夫授予阿尔伯特"荣誉市民"的称号。阿尔伯特告诉听众："我曾有幸获得纽约市的荣誉公民资格，但我更高兴能成为这座美丽的犹太之城的公民。"

他在尚未建成的希伯来大学做了首场演讲，还访问了海法市，并在那里的以色列理工学院工程科学系种下了两棵棕榈树。

无论他走到哪里，都有人想和他握手，祝贺他获得了诺贝尔奖。

阿尔伯特感到十分愉悦。

他们乘坐"奥兰治"号邮轮航行的最后一站是法国城市土伦。他们从土伦乘火车到达马赛，然后又到了巴塞罗那。

阿尔伯特在加泰罗尼亚大学（Institut d'Estudis Catalans）做了三场演讲，每场都挤满了人。爱因斯坦夫妇由德国领事克里斯蒂安·奥古斯特·乌利齐·冯·哈塞尔（Christian August Ulrich von Hassell）及其妻子伊尔莎·冯·提尔皮茨（Ilse von Tirpitz）陪同，后者是海军上将阿尔弗雷德·冯·提尔皮茨（Alfred von Tirpitz）的女儿。

到了马德里，他在科学院发表了演讲，会议是由阿方索十三世国王主持的。然后，阿尔伯特和埃尔莎同哲学家奥尔特加·加塞特（Ortega y Gasset）一起前往托莱多。阿尔伯特被格列柯（El Greco）在圣多美教堂的画作《奥尔加斯伯爵的葬礼》（*The Burial of Count Orgaz*）深深打动了。他参观了普拉多博物馆，对安杰利科(Fra Angelico)、拉斐尔(Raphael)、戈雅(Goya)、格列柯(El Greco)、委拉斯凯兹(Velázquez)的绘画作品惊叹不已。

三月中旬，他们回到了柏林。

此时，他们发现买一条面包要花 1000 万马克，1 千克牛肉则要 7600 万马克。此时，德国马克接连贬值，已经到了无法控制的地步。

诺贝尔获奖演讲，哥德堡，1923 年 7 月 11 日

在酷热的七月，哥德堡里瑟本游乐园的禧年大会堂为阿尔伯特的诺贝尔演讲提供了一个不太合适的场地。大会堂的外墙几乎完全是玻璃，它本是个新建筑的奇迹，为纪念哥德堡立市三百周年而建造的。有九百多人来听他讲话；许多观众抱怨说，他们都快粘在新喷漆的座位上了。演讲将持续一个小时。满头大汗的古斯塔夫国王坐在前排中间挨着过道的大椅子上。

听众突然安静下来。

"我要谈谈相对论，"阿尔伯特说，"主题是相对论的基本思想和问题。"

阿尔伯特利说话的声音如此美妙。他正对着我讲话。尽管我之前已经听过这篇演讲的全部内容了，并且从来没有听懂过半句。

这里太热了。我不停地出汗。我的腋窝湿透了。

埃尔莎在心里想着。

幸运的是，埃尔莎旁边的人都在专心致志地听阿尔伯特讲话，这样她就可以在手提包里翻找各种具有芳香味道的小瓶子而不引起别人注意：混合着杉木、琥珀、粉红胡椒味道的"冒险（Aventure）"，唤起对柏林菩提树香记忆的"林德柏林（Linde Berlin）"，还有基于为玛琳·黛德丽（Marlene Dietrich）调制的香水的"紫罗兰（Violet）"。

阿尔伯特正说得起劲："狭义相对论使物理学原理适用于麦克斯韦-洛伦兹电动力学。根据早期物理学理论，它采纳了欧几里得几何学对绝对刚体的空间排列规律有效的假说，并沿用了惯性坐标系和惯性定律。"

她轻轻地在丝绸手帕上涂了大量的香水，把它拍在脸上。

你一定认为，有人会打开一扇窗户。但是没有人这么做。

那个坐在她后面的男人开始咳嗽。他显然是个烟鬼，还把痰咳出来了。埃尔莎能听到他粗重的喘息声。

阿尔伯特忽略了他的咳嗽声："狭义相对论带来了重大的理论发展。它调和了力学和电动力学之间的冲突，减少了电动力学中逻辑上互不相关的假说的数目。"

埃尔莎悄悄地把一颗卢登牌止咳药片塞到舌头下面。

她不知道是否还有其他观众对阿尔伯特利所说的话一窍不通。他越是难以理解，她就越显得专注。阿尔伯特并不会被她骗到。但是，啊，观众中的其他人会。

不可思议，他们会认为……爱因斯坦夫人也能理解这些理论，太了不起了。聪明的女人。

"它对基本概念做了必不可少的认识论分析。它把动量守恒定律和能量守恒定律联结起来，揭示了质量和能量的统一。"

大约过了半个小时，闷热又不新鲜的空气让人昏昏欲睡。

埃尔莎的眼皮越来越沉重。她的头往前磕了一下，然后猛地坐直了。

"即使有一天，由于量子论问题的解决，一般方程的形式发生了何等深刻的变化，哪怕我们用来表示基本过程的参数被彻底改变……"

快讲完了。埃尔莎坐得笔直。

"……相对性原理也不能被放弃；而且迄今为止，用它导出的定律，至少有作为极限定律的意义。"

演讲结束了。

他获得了雷鸣般的掌声。埃尔莎欣喜若狂。

欢呼声持续不断。

阿尔伯特微笑，鞠躬。

埃尔莎崇拜地看着他。她的阿尔伯特一点也不像是四十四岁的人。

阿尔伯特和莫里茨·卡岑斯坦

他回到柏林后，德国的前途让他感到沮丧。

他私下里向莫里茨·卡岑斯坦（ Moritz Katzenstein ）吐露心事。这是一位他在战争期间初次邂逅的朋友，现在是位于弗里德里希斯海因区的柏林市医院的外科部主任。1900 年，卡岑斯坦成功缝合了一个六岁女孩撕裂的半月板。这是在德国进行的首例此类缝合手术。

阿尔伯特的内心忧虑不安，因此他对得到卡岑斯坦提供的意见以及两人结伴航行的机会十分感恩。

阿尔伯特和埃尔莎经常款待卡岑斯坦，而且阿尔伯特也很珍视他乘坐卡岑斯坦的游艇在万湖上度过的时光。

"有人告诉我，"阿尔伯特对卡岑斯坦说，"德国公共秩序监督员把我当作德国人权联盟（ German League of Human Rights ）的成员来监视。我是政治上的异类，是这个国家的敌人。"

"阿尔伯特，你准备离开德国吗？"

"私底下——我是这么想的。看看这些事实。纳粹分子声称他们有近一万名暴徒在同对手的冲突中受了伤。仅在今年前六个月里，共产党人就报道了七十五起冲突事件。想想赫尔曼·戈林（Hermann Göring）在不来梅组织的集会。他们动用了包革铁棍、指节铜环、棍棒、沉重的搭扣带、玻璃和瓶子。椅子腿被当作大头短棒。鲜血横流。戈林站在舞台上，双手握拳交叉搭在屁股上，咧着嘴笑。"

他停下来欣赏一艘温德福尔（Windfall）单桅小帆船经过，这是由阿贝金-拉斯姆森公司制造的船型。一名船员拿着双筒望远镜注意到了阿尔伯特，并提醒了甲板上的两个女孩，她们挥手喊道："爱因斯坦教授万岁！"

阿尔伯特朝她们挥了挥手。

女孩们又朝他飞吻。

眼泪开始顺着阿尔伯特的脸颊流下来。

"有时，一个人费尽千辛万苦得到的东西对于另外一个人来说，则不费吹灰之力。"他说。

"你为德国做出了巨大的贡献。"卡岑斯坦说。

"我只是提高了德国的威望，但从来没能摆脱右翼媒体对我实施的有计划、有步骤的攻击，尤其是最近几年，没有一个人肯为我辩护。然而，他们现在对手无寸铁的犹太同胞发动了战争，这迫使我以犹太同胞的名义动用了我在世人眼中享有的一切影响力。"

"阿尔伯特，还不至于此。"

"莫里茨，会的，你看吧。"他声音颤抖地说，"会的。"

英国《泰晤士报》请阿尔伯特写篇文章讲述他的发现，他欣然同意了。

他尽量在行文语气上掩饰自己的痛苦。

先生：

我很高兴答应您同事的请求，为《泰晤士报》写些关于相对论的东西。令人惋惜的是，以前学者们之间进行的积极交流都破裂了，因此，我很高兴能有此机会向英国的天文学家和物理学家表达自己的感激和喜悦之情。杰出的科学家们为该理论花费了大量的时间和精力，贵国的科研机构也不惜一切代价来检验相对论的影响，虽然它是战时在你们敌国的领土上完善和发表的，但与你们引以为豪的伟大的科研工作传统是一脉相承的。

贵报上刊登的一些关于我个人生活的表述源于作者生动的想象。在此，我用相对论做个说明，以飨读者：今天，我在德国被描述为"德国专家"，在英国则成了"瑞士的犹太人"。假如我命中注定要被说成一个讨厌鬼，那么恰恰相反，我应该成为德国人眼中的"瑞士的犹太人"以及英国人眼中的"德国专家"。

您忠诚的，

阿尔伯特·爱因斯坦

随着他名气的增加，他在柏林的对手们的敌意也越来越明显了。这种敌对情绪是来自他国的称赞激起的。1919年，亚瑟·爱丁顿率领英国日食远征队到达非洲西海岸的普林西比岛，证实了阿尔伯特基于广义相对论所做的预测，即太阳的引力场会使光发生弯曲。爱丁顿把阿尔伯特称为"当代的牛顿"。

公众的赞誉近乎吹捧。阿尔伯特和埃尔莎沉浸其中。在柏林，他是一个犹太人、一个民主人士、一个和平主义者，这些是魏玛共和国反动分子无法接受的人物形象，因此他们决心要抨击他。反犹人士保罗·威兰德（Paul Weyland）开始谴责阿尔伯特，意图破坏他的名声。

一切始于威兰德在柏林《每日评论报》（*Tägliche Rundschau*）上发表的一篇颇有争议的文章："大阿尔伯特已经复活了。他偷了别人的作品，将物理学大肆数学化，把其他物理学家们变得愚蠢。相对论是宣传鼓动，是一种欺骗和幻想。"威兰德在右翼的《德国日报》（*Deutsche Zeitung*）上又发表了一篇文章，反对德国国家人民党在"犹太问题"上的立场，他的原话是：太温和了，因此他不喜欢。他驳斥德国《自然科学》（*Die Naturwissenschaften*）杂志对英国日食远征所做的报道。他嘲讽《柏林日报》和《柏林画报》拿阿尔伯特同哥白尼、开普勒和牛顿做比较。阿尔伯特本人就是罪魁祸首。

在柏林爱乐厅大礼堂里，威兰德对着 1600 人继续声讨阿尔伯特。

"在科学界，几乎没有哪种科学体系是像广义相对论这样以宣传的方式建立起来的，稍加检查就会发现广义相对论最需要证明了。"

柏林爱乐厅

反犹主义的传单被分发给民众，纳粹党右旋"卐"字饰徽章随处可以买到。

阿尔伯特正在听讲座。他坐在埃尔莎旁边，她握着他的手。

埃尔莎非常难过，泪眼汪汪地听着。

阿尔伯特用另一只手在膝盖上敲出了一段旋律，是莫扎特的《小星星变奏曲》："一闪一闪亮晶晶。"

他们继续听恩斯特·格尔克(Ernst Gehrcke)的讲座。

格尔克说："相对论是科学界的集体催眠；它前后不一，唯我独尊，未被观察结果所证实。"

一闪一闪亮晶晶。

阿尔伯特和埃尔莎毫不怀疑，这些攻击是建立在反犹太主义基础上的。新成立的魏玛共和国正积聚着暴力和愤怒，它们将喷薄而出。

阿尔伯特被"他将离开德国"的谣言激怒了。

来自犹太人、牧师、教授和学生的支持信如潮水般涌来。

保罗·埃伦费斯特从莱顿写信告诉阿尔伯特，如果阿尔伯特选择离开德国，他可以为阿尔伯特在荷兰找到一个教授职位。

柏林的几家报纸刊登了冯·劳厄、海因里希·鲁本斯(Heinrich Rubens)和瓦尔特·能斯特对阿尔伯特的支持信。马克斯·普朗克和弗里茨·哈伯恳求他不要离开柏林。阿尔伯特在大批量发行的《柏林日报》上发表声明，正面回应此次造谣事件。

阿尔伯特断定反对相对论的那群人几乎已经崩溃了，他开玩笑地说自己不会像索末菲尔德说的那样"飘飘然"："我的对手们想出了一个绝妙的主意，他们让我亲爱的朋友们参与他们的活动。你们可以想象，当我读到他们的想法时，我都不由得大笑起来！很久之前，我就看出整件事的滑稽之处，因此不再把它当回事。"

但是，当独自面对埃尔莎时，阿尔伯特承认他受到了伤害。

德国科学家和物理学家协会
（Society of German Scientists and Physicists），巴德瑙海姆，1920 年

"勒纳为什么恨我们呢？"埃尔莎问道。

"因为他是一个反犹主义者。他饱受压抑，心智不太健全，而且妄自尊大。他是一个资质平庸的科学家。"

"但他获得了诺贝尔奖。"

"诺贝尔奖并不能保证什么。我代表了他所憎恨的一切，而且英国人也祝贺我。对勒纳而言，我是一个犹太骗子。因为我是个犹太人，所以我是骗子。这就是他的理论。持有这种理论的并非他一人。他坚称物理学领域的所有争议都是犹太人的责任。他认为万事万物皆有精神实质。就像歌德和谢林（Schelling）的自然哲学所描述的那样——只有雅利安人明白，自然科学的本源正是北欧人相信自然界中万物之间存在联系，并渴望进行探索。"

埃尔莎明智地点了点头。

"共产主义和犹太精神都受到唯物主义的影响，而这两者却是德意志的敌人。德意志信奉的是神秘主义和伪科学。"

"阿尔伯特，你说得对。"

"他是个平庸的人。"

"他恨你——因为你是个伟大的人。"

"伟人们总会遭到平庸之人的强烈反对。"

*

晚上 8 点 15 分，在巴德瑙海姆温泉小镇的 8 号浴室里，600 名听众聚集在一起。那里的门禁森严，只开了一扇狭窄的门。德国数学家联合会（Union of German Mathematicians）和德国物理学会（German Physical Society）的官员们仔细检查了这些参会人员的证件。9 点，每个人都被放进去了。座位明显不够用，没抢到座位的人就站在墙边，过道也被挤满了。

首先是赫尔曼·威尔（Hermann Weyl）的演讲，然后是古斯塔夫·米伊（Gustav Mie）、马克斯·冯·劳厄和莱昂哈德·格雷贝（Leonhard Grebe），最后，按照议程进行了十五分钟的一般性辩论。

质问者不停地打断阿尔伯特的讲话。会议主持人普朗克也很难维持秩序。辩论混乱不堪，声音嘈杂。

埃尔莎十分烦闷。

全部议程结束后，奥地利物理学家菲利克斯·埃伦哈夫特（Felix Ehrenhaft）及其妻子带着阿尔伯特和埃尔莎在公园散步、解乏。随后，他们在远离其他物理学家的地方一起进餐。

阿尔伯特对埃尔莎和埃伦哈夫特夫妇说：" '流血和破坏将会成为一时的风尚，/ 恐怖的景象将会每天都接触到人们的眼睛，/ 以至于即使看到自己的婴孩被战争的魔手所肢解，/ 做母亲的人也毫不在乎地一笑而过。'暴力正在与日俱增。反犹分子'大喊"破坏！"，并放走了战争之犬'。"

*

他和埃尔莎又出国了。这次是去阿根廷、巴西和乌拉圭。

他们搭乘"凯普·波洛尼奥"号班轮离开汉堡。阿尔伯特喜欢哲学家卡尔·耶辛豪斯（Carl Jesinghaus）的陪伴，也对女权主义者埃尔泽·耶路撒冷（Else Jerusalem）有了好感——她是畅销书《红房子》（*Red House*）的作者，这本书研究了维也纳的卖淫业。阿尔伯特送给她一张他自己的照片，上面写着：

这是送给豹猫的，

尽管她躲进了

严酷荒凉的丛林中。

这张照片仍是给她的，

尽管如此。

在布宜诺斯艾利斯、蒙得维的亚和里约热内卢，阿尔伯特和埃尔莎同无数政府官员、学者、犹太名人和德国要人见面。

第五届索尔维会议，1927 年 10 月

1927 年 10 月，阿尔伯特同世界上最杰出的物理学家们一起参加了第五届索尔维会议，他们下榻在布鲁塞尔的不列颠酒店（Hotel Britannique）。在场的二十九人里，有十七人已经或即将获得诺贝尔奖。

阿尔伯特、洛伦兹和马克斯·普朗克对量子物理学的现状持怀疑态度。现年四十八岁的阿尔伯特面对的是更年轻的对手,比如路易·德布罗意、保罗·狄拉克(Paul Dirac)、沃纳·海森堡(Werner Heisenberg)和沃尔夫冈·泡利(Wolfgang Pauli),以及他的老朋友、老对手尼尔斯·玻尔。

玻尔提出的观点是,谈论现实是没有意义的。

阿尔伯特在会议上几乎没有发言。他更喜欢在非正式场合讨论这些问题,他说:"我们无法从很多'也许'中得出某种理论。实际上,这种理论是错误的,即使它在经验和逻辑上是正确的。"

他对海森堡的不确定性原理不抱幻想。他说:"上帝不会和宇宙玩掷骰子的游戏。"

玻尔反驳道:"爱因斯坦,不要指挥上帝应该做什么。"

阿尔伯特代表科学现实主义者在与玻尔等工具主义者做斗争。前者为科研方法寻求严格的规则,后者却想要基于实验结果建立灵活的规则。他们坚称,一种观念是否真实有效取决于它能否成功地解决问题,它的价值由它在人类实践中发挥的作用所决定。

"我认为,"玻尔对普朗克说,"对统计规则的限制终将消失。"

然而,目前来看,这是一个僵局。

更糟的是,阿尔伯特听说洛伦兹在荷兰去世了。

他参加了洛伦兹在哈勒姆的葬礼和在莱顿大学的追悼会:

作为德语学术世界特别是普鲁士科学院的代表，但最重要的是作为一名学生和一个深情的仰慕者，我站在我们这个时代最伟大、最高尚的人的墓前。他的天才如同火炬，照亮了从克拉克·麦克斯韦学说到现代物理学的发展之路，他为现代物理学的基本结构贡献了宝贵的材料和方法。

他的生活井然有序，细微之处如艺术品般精致。他的善良、他的宽宏大量、他的正义感，加上他凭直觉对人和事的敏锐理解，使他成为任何领域的领袖。每个人都很乐于追随他，因为他从来不支配别人，只想要帮助别人。他的天才之作和他的榜样之光将持续为后代提供灵感和指引。

海伦

埃尔莎想让海伦·杜卡斯担任阿尔伯特的秘书。海伦三十二岁，阿尔伯特四十九岁。埃尔莎和海伦的姐姐罗莎·杜卡斯（Rosa Dukas）是朋友。罗莎经营着一个犹太孤儿组织，埃尔莎则是名誉主席。

阿尔伯特在哈勃兰德斯大街 5 号见到海伦时，就立刻喜欢上了她。

1930 年 8 月，阿尔伯特在柏林的第七德语电台开通了节目："请心怀感激地想想，有多少不知名的工程师们通过无线电简化了通讯设备，而且制作出的广播节目能让每个人都方便地收听到。每个不加思考就使用科学和工程奇迹的人都应该感到羞愧，他们对于这些成就的认识，不比牛对它开开心心吃下的植物的特性了解得更多。"

旅行的陀螺在不停地转动。

阿尔伯特再次出发，这次是从安特卫普前往美国。他同埃尔莎和海伦·杜卡斯一起乘坐"贝尔根兰德"号邮轮，随行的还有数学家瓦尔特·迈尔（Walther Mayer）。

在海浪汹涌的大西洋之旅中，电报源源不断地发来，邀请他在美国接受采访和发表演讲。

在纽约市，他们和托斯卡尼尼（Toscanini）闲聊，观看托斯卡尼尼指挥贝多芬的《田园交响曲》。

哥伦比亚大学校长尼古拉斯·巴特勒（Nicholas Butler）称阿尔伯特为"来访的思想之王"。

在大峡谷

霍皮印第安人

查理·卓别林

在洛杉矶，他们见到了查理·卓别林（Charlie Chaplin）。卓别林邀请他们与保利特·戈达德（Paulette Goddard ）、威廉·鲁道夫·赫斯特（ William Randolph Hearst ）和马里恩·戴维斯（ Marion

Davies）共进晚餐，还让他们担任《城市之光》首映式上的特邀嘉宾。

"对于你的表演艺术，我最欣赏的就是它的普适性，"阿尔伯特对卓别林说，"虽然你不说一句话，但全世界都能理解你。"

"这倒是真的，"卓别林说，"但你的名气更大。虽然没有人能理解你，但全世界都崇拜你。"

在洛杉矶剧院外面，数千人在探照灯下大喊大叫，灯光划过夜空。

"这一切意味着什么呢？"阿尔伯特问卓别林。

"没什么，"卓别林说，"什么都不算。"

威尔·罗杰斯（Will Rogers）是名演员、喜剧演员和报纸专栏作家，他记下阿尔伯特在美国的经历："电台、宴会桌和周刊永远不会重样。他来这里休息和隐居。他同每个人聚餐，同每个人交谈，为每个留有胶片的人摆好姿势，参加每一场午餐会、每一场晚餐会、每一场电影首映、每一场婚礼和三分之二的离婚。事实上，他让自己成为一个真诚而亲切的人，这样就没有人敢问他的理论是什么了。"

阿尔伯特在日记中写道："今天，我大体上决定放弃我在柏林的职位。余生我要做一只候鸟！"

"反对爱因斯坦的 100 位作家"

回到柏林，阿尔伯特与弗洛伊德通信。"是否有办法能使人类脱离战争之苦？"阿尔伯特问道。

弗洛伊德回复道：

我们还要等待多久才能看到其他人也变成和平主义者？这很难说，但也许这两个因素——人类的文化倾向和对于未来战争形式的有根据的恐惧——或许可以在不久的将来用于结束战争，我们的这种希望并非没有根据。然而，我们却猜不到这将通过什么"康庄大道"或者"崎岖小路"发生。但与此同时，我们可以确定的是，一切促进文化发展的东西也都在对抗战争。

　　向你致以最诚挚的问候，倘若此次回信让你大失所望，那么我深表遗憾。

　　　　　　　　　　　　　　　　你忠诚的，

　　　　　　　　　　　　　　西格蒙德·弗洛伊德

　　当时的政治气氛让阿尔伯特感到极其焦虑。为了获得短暂的喘息，他去了牛津大学讲课，却发现那里的基督教堂学院学术交流室的庄重严肃令他窒息。

　　普林斯顿高等研究院的创建者亚伯拉罕·弗莱克斯纳（Abraham Flexner）到基督教堂学院拜访阿尔伯特。他们沿着汤姆方庭平坦的草坪散步聊天。弗莱克斯纳提议让阿尔伯特来普林斯顿大学，并承诺他可以提任何条件。阿尔伯特说他会考虑这个慷慨的提议。

卡普斯

他自忖道，或许，希特勒和纳粹党的发展将会出现逆转。今年。明年。未来某一天。

他努力让自己的生活井井有条，以此来营造一种永恒感。

他在卡普斯建造了一座全新的房子，主要用的是俄勒冈松木和加利西亚冷杉木。卡普斯是勃兰登堡市波茨坦－米特尔马克县施维洛塞区一个安静怡然、如梦幻般的村庄。

他和埃尔莎、管家赫塔·希费贝恩（Herta Schiefelbein）一起，有时住在哈勃兰德斯大街 5 号，有时在卡普斯。海伦·杜卡斯和瓦尔特·迈尔（Walther Mayer）也加入了他们。阿尔伯特甚至开始考虑要永久地住在那里。相比普鲁士科学院没完没了的会议，没有电话打扰的静谧更有吸引力。他经常和自己养的狗柏泽尔玩耍。马克斯·玻恩也会拜访他们，还有埃伦费斯特、艺术家凯绥·珂勒惠支（Käthe Kollwitz）、作家阿诺德·茨威格（Arnold Zweig）、索末菲尔德、魏茨曼和拉宾德拉纳特·泰戈尔（Rabindranath Tagore）。

阿尔伯特加快加强了公开演讲的节奏和力度。

他在马克思主义工人学校讲授"工人需要了解相对论中的哪些知识"。他说："我尊重列宁，作为一个公民，他尽己所能地去实现社会公平，他自己也为此付出了巨大的代价。然而，我认为他的方法不合时宜。但有一件事是确定的：像列宁这样的人是人类良知的守护者和修复者。"

　　弗莱克斯纳终于来到了卡普斯。他们谈了一整天，边吃饭边交流，直到阿尔伯特陪着弗莱克斯纳去公共汽车站，看着他坐上了开往柏林的巴士。阿尔伯特解释说，如果他和埃尔莎要去美国，他希望迈尔也能一起去。就这样，协议基本上敲定了。

　　1932 年 12 月，他在动身去帕萨迪纳之前，写信给他的老朋友莫里斯·索洛文，请索洛文把他的作品副本从巴黎寄到卡普斯。

　　阿尔伯特收到了来自一位国会议员的重要信息，这个人就是被称为"斯芬克斯（Sphinx）"的约翰尼斯·弗里德利希·冯·泽克特（Johannes Friedrich von Seeckt）将军。阿尔伯特不知道是谁让将军联系他的。冯·泽克特告诉他："你在这里的生活已经不安全了。"

　　阿尔伯特对埃尔莎说："四处看看吧。你可能再也见不到它了。"

帕萨迪纳

雅典娜酒店的花园

　　他们带了三十多件行李，在不来梅港搭乘"奥克兰"号邮轮前往加利福尼亚州。等待他们的是一个不确定的未来。

　　帕萨迪纳的环境在各方各面都与之前相反——他时常在加州理工学院的私人社交俱乐部雅典娜酒店的花园里漫步。阿尔伯特在与《纽约世界电讯报》（*New York World Telegram*）的伊芙琳·希里（Evelyn Seeley）交谈时表示："只要我在这件事上有一丝选择，那么我将只会选择生活在自由、宽容和法律面前人人平等的国家里。"

洛杉矶地震，1933 年 3 月 10 日

希里离开后不久，一场地震袭击了洛杉矶，造成116人死亡。阿尔伯特几乎没有任何觉察。当他步行穿过校园时，有一刻他感到脚下的地面在颤动，好像跳着小舞。

1933年1月30日，希特勒当上了德国总理。纳粹分子聚集在阿尔伯特在哈勃兰德斯大街上的公寓外面和科学院的办公室外面，大声辱骂，公开谴责"犹太科学"。他们把仇恨对准了阿尔伯特。

在卡普斯，有个面包师向他的顾客抱怨阿尔伯特的"犹太住宅"。

第三帝国禁止犹太人和共产主义者进入大学。他们中的任何人都不得从事法律和政务工作。

纳粹分子突击搜查了阿尔伯特在卡普斯的房子，抢劫了酒窖，在墙上涂抹粪便，还把家具和亚麻床单随处扔在花园里。

在柏林，他们突然袭击并洗劫了阿尔伯特在哈勃兰德斯大街的公寓。玛格特被吓坏了。她设法把消息带给自己的丈夫迪米特里·马里亚诺夫（Dimitri Marianoff），他让她把阿尔伯特的论文带给法国大使弗朗索—瓦蓬塞（François-Poncet）——大使曾对希特勒的意图再三发出警告——然后尽快动身去巴黎。玛格特马上就这样做了。伊尔瑟和她的丈夫鲁道夫·凯泽（Rudolf Kayser）则成功到达了阿姆斯特丹。

对阿尔伯特来说，是时候返回欧洲了，尽管还不能回柏林。

他途经芝加哥，那天正好是他五十四岁生日。他去参加了青年和平委员会（Youth Peace Council）的集会。演讲者发誓说和平主义事业必须要继续推进，不管德国正在发生什么动乱。集会结束时，一些与会者了解到阿尔伯特完全同意演讲的内容。

在那天的生日午宴上，阿尔伯特谈到了需要成立国际组织来维护和平，但没有提到战争对和平事业的破坏和阻碍。

而在纽约举办的《反对战争的斗争》（*The Fight Against War*）出版招待会上，他也只是附带着提到了德国的事态。这本书是他创作的关于和平主义的文集。

就在阿尔伯特准备从纽约乘船前往安特卫普之前，德国驻纽约领事保罗·施瓦茨（Paul Schwartz）警告他不要踏上德国的土地："如果你去了德国，他们会拖着你的头发游街的。"

当高等研究院于次年开放后，阿尔伯特打算每年在普林斯顿待上四到五个月。因此，他和埃尔莎在起航的前一天去普林斯顿找了房子。

阿尔伯特和埃尔莎、海伦·杜卡斯以及瓦尔特·迈尔一起登上了"贝尔根兰德"号邮轮，但当阿尔伯特得知纳粹分子突袭了他在哈勃兰德斯大街的公寓和在卡普斯的房子，还没收了他们的"海豚"帆船时，他伤心至极。

阿尔伯特对埃尔莎和海伦说："那些自诩拥有学术自由并为之感到骄傲的大学辜负了我。我指望从德国媒体那里获得帮助，他们自诩拥有新闻自由，但也辜负了我。如今，只有教堂孤零零地站立着，虽然我曾经对这些教堂不屑一顾，但它们赢得了我的尊重。"

他写信给普鲁士科学院递交辞呈："在当前情况下，我无法容忍自己再依赖普鲁士政府了。"

十天后，"贝尔根兰德"号停靠在安特卫普港。

一辆车把他送到四十五公里外的德国驻布鲁塞尔领事馆。他在那里交出了自己的护照，并在人生中第二次放弃了自己的德国国籍。这是保证他与普鲁士科学院真正断绝关系的唯一方式。

普朗克对纳粹媒体针对阿尔伯特发动的反犹太抨击感到震惊，与此同时，他也在尽力说服政府放弃对阿尔伯特采取正式的听证会。"启动官方流程驱逐爱因斯坦让我良心难安。"他写信给普鲁士科学院的干事，"尽管在政治问题上，我和他之间存在着巨大的分歧，但另一方面，我确信，在未来数世纪的历史长河里，爱因斯坦将成为科学院最耀眼的明星之一。"

阿尔伯特对纳粹分子应对自如，他公开放弃了自己的公民身份和普鲁士科学院的会员资格，这让他们大为恼火。于是，科学院干事中的一名纳粹分子发表了一篇新闻稿，谴责阿尔伯特"参与散播暴行，在国外从事煽动活动。因此，科学院没有任何理由为爱因斯坦的退出感到惋惜"。

阿尔伯特回击道："我在此声明，我从未参与过任何暴行散播。我认为，德国民众正处于精神瘟热的状态中。"

事实正是如此。

勒纳愤怒地说："犹太人对自然科学研究构成了威胁，其中爱因斯坦先生就是最重要的例证。"

后来，德国政府通过了一项法律，宣布犹太人不能担任任何官方职位，导致十四位诺贝尔奖得主和二十六位理论物理学教授逃离了德国。

希特勒怒不可遏地说："如果把犹太科学家撤职意味着德国现代科学的毁灭，那我们宁愿在未来数年里都不要科学发展了。"

"对我而言，"阿尔伯特说，"最美好的事就是与一些优秀的犹太人保持联系——过去几千年的犹太文明确实是有意义的。"

近 40,000 名学生和小酒馆的酒鬼们扬扬自得地戴上右旋"卐"字饰，把从私人住宅和图书馆里抢来的书扔进了柏林歌剧院前面的篝火中。

阿尔伯特、埃尔莎、海伦和瓦尔特·迈尔暂住在德汉镇（Le Coq-sur-Mer）的萨瓦亚赫德海滨别墅里，距离奥斯坦德市十公里。

萨瓦亚赫德海滨别墅，德汉镇

他从这里给莫里斯·索洛文写信说："我最大的担心是，这种仇恨和极权的盛行将会蔓延至全世界。它像洪水一样，自下而上地暴涨，直到上游地区变成孤岛，人们感到恐惧和沮丧，然后也被淹没了。"

"我们可以都去苏黎世，"阿尔伯特后来在吃早餐时说，"全家人团结在一起。"

"我不这么认为，"埃尔莎说，"你会因心理压力而疲惫不堪。"

"我们也不能去莱顿和牛津。"

餐厅领班匆忙走到他们的餐桌旁，握紧阿尔伯特的双手，身边还有名奥斯坦德宪兵队的军官。

军官直奔主题："教授，我很抱歉，但不得不告诉您，现在您的头上有一份五千美元的赏金。"

"真的吗？"阿尔伯特说，"我的脑袋？我都不知道它值这么多钱。"

"从现在起，将会有两名全副武装的警察保护您。"

"我不想要这种保护。"

"可您别无选择。"

阿尔伯特和他心爱的泰特

阿尔伯特在苏黎世联邦理工学院期间的挚友米歇尔·贝索告诉他，他的儿子泰特的精神分裂症恶化了，因此，泰特要永久地住在精神病院里。

阿尔伯特去苏黎世看望米列娃和泰特，还带着他的小提琴为泰特演奏。泰特则完全沉浸在另一个世界里，茫然地盯着阿尔伯特。

阿尔伯特试图安慰米列娃："很不幸，正如我近来对贝索说的那样，一切迹象都表明，强大的遗传性确实显现出来了。从泰特的青年时代起，我就看到这些特征在慢慢地出现，并且不可逆转。在这类病例中，外部影响只起到了很小的作用，而对于自身分泌物所带来的影响，任何人都无能为力。"

"什么都做不了吗？"

"什么都做不了。"

他们相拥在无声的悲痛中。

阿尔伯特离开苏黎世时，没有想到这是他最后一次见到米列娃和泰特。

他收到了访问英国的邀请。他希望这次访问能缓解他目前的情绪衰竭。

同奥利弗·洛克–兰普森和保镖在一起

富有冒险精神的奥利弗·洛克–兰普森（Oliver Locker-Lampson）

是维多利亚时代的诗人弗里德里希·洛克-兰普森（Frederick Locker-Lampson）之子。他曾经在德国求学，"一战"时期当过飞行员，在拉普兰和俄国领导过一个装甲师，还为尼古拉斯大公担任过顾问，甚至可能参与过拉斯普京谋杀案。他现在是一名律师、记者和国会议员，也是纳粹主义的早期反对者。他写信给阿尔伯特，提出要在英国招待他。

他们一起乘车去查特韦尔庄园见温斯顿·丘吉尔（Winston Churchill）。

同温斯顿·丘吉尔在一起

他们谈论了德国的军备重整问题。阿尔伯特向丘吉尔讲述了犹太科学家在德国的命运。丘吉尔说他会让自己的朋友弗里德里希·林德曼看看怎么能把这些人安置在英国的大学里。"丘吉尔是个特别明智的人，"阿尔伯特对埃尔莎说，"我清楚地看到，英国人已经做好了准备，并决心尽快采取行动。"

洛克–兰普森把阿尔伯特介绍给另一位军备重整的拥护者——奥斯丁·张伯伦（Austen Chamberlain），以及英国前首相劳合·乔治（Lloyd George）。阿尔伯特在访客簿上签了自己的名字，但他在地址栏写的是"居无定所"。

第二天，洛克–兰普森在下议院发表演讲，谈到要为犹太人提供更多的公民机会。阿尔伯特穿着白色亚麻西装，在访客席观看了他的演讲。"德国正在摧毁它自身的文化，威胁着它最伟大的思想家的安全。它已经赶走了它最光荣的公民——阿尔伯特·爱因斯坦。"

然而，洛克–兰普森的提案从未见到天日。

在皇家阿尔伯特音乐厅

学术援助委员会（Academic Assistance Council）把阿尔伯特最受期待的露面安排在了皇家阿尔伯特音乐厅，同时为流离失所的德国学者募集资金。当时，现场挤满了人。阿尔伯特用带有浓重口音的英语发言。

　　我很高兴你们给了我这样的机会，让我在这里向你们表达我作为一个人、作为一个善良的欧洲人、作为一个犹太人所抱有的深深的感激之情。今天，我的任务不是充当法官来对一个国家的行为做出评判，因为她多年来都把我看作她自己的公民。我们不仅关注保障和平以及维护和平的技术问题，也关心教育和启蒙的重要工作。

　　如果我们想要抵制那些扬言要镇压学术自由和个人自由的强权，我们就必须清楚地看到我们面临的风险是什么，以及我们应对先辈们经过艰苦奋斗为我们赢得的自由做些什么。如果没有这些自由，我们就不会有莎士比亚、歌德，不会有牛顿、法拉第、巴斯德，也不会有李斯特。大多数人不会有舒适的住房、铁路、无线电，不会有针对流行病的防护措施，更不会有便宜的书籍、文化、艺术享受。此外，不会有机器把人们从生产生活必需品的艰苦劳动中解脱出来。

　　大多数人将过着单调乏味的奴隶生活，就像处于古代亚洲的专制统治之下。是那些自由的人、有所发明和创造的人让我们现代人的生活变得有价值。

*

回到德汉镇，阿尔伯特得知美国一家反对女性参政的报纸《妇女爱国者同盟》（*Woman Patriot Corporation*）试图把他当作一个危险的共产主义颠覆者来排挤。阿尔伯特曾公开表态自己是个和平主义者和反法西斯主义者，这说明他同情俄国共产主义。

"我是一个坚定的民主人士，"他告诉《纽约世界电讯报》，"因此，我才没有去俄国，尽管我收到了非常诚挚的邀请。我的莫斯科之旅一定会被苏联统治者利用，以达到他们自己的政治目的。现在我是布尔什维克主义的'眼中钉'，也是法西斯主义的'肉中刺'。我反对一切独裁政权。"

阿尔伯特向英国《泰晤士报》和《纽约时报》承认，有时他会被那些自称是和平主义或者人道主义的组织所"愚弄"，而它们"实则利用伪装来为俄国专制统治进行宣传活动。我从未认同过共产主义，现在也不赞同它。我反对任何用恐怖和武力奴役个人的强权，不管它诞生于法西斯主义还是共产主义的旗帜之下"。

他收到了保罗·埃伦费斯特从莱顿寄来的信："近年来，我越来越难以理解物理学的发展。我试着去理解，结果却变得越来越无力，内心被撕扯，最终就绝望地放弃了。我彻底厌倦了生活。"

阿尔伯特写信给莱顿大学董事会，表达了深切的担忧，并提出一些可能会减轻埃伦费斯特工作量的方案。现年五十三岁的埃伦费斯特一直对自己比对其他任何人都苛刻；他夸大了自己的缺点和不足。他患上了慢性抑郁症，而且现在比以往任何时候都更糟糕。他再也不能面对自己钟爱的儿子瓦西克（Wassik）患有唐氏综合征且需要终身临床护理的事实。这是一笔沉重的经济负担，也让他的心情变得更复杂。

1933 年 9 月 25 日，保罗·埃伦费斯特带着一把手枪从莱顿出发，到阿姆斯特丹的一个实验室看望他以前的学生。下午，埃伦费斯特离开实验室，前往位于瓦西斯大街（Vossiusstraat）的诊所，接上在那里接受收容治疗的十五岁的瓦西克。父子俩去了莱顿广场和博物馆广场西侧的冯德尔公园。埃伦费斯特在公园里用枪射中了瓦西克的头部，然后自杀了。

阿尔伯特待埃伦费斯特如同兄弟一般，对他的孩子们来说就像他们的叔叔。因此，他极度悲痛。

阿尔伯特怀着悲伤的心情回忆起他和保罗·埃伦费斯特的第一次会面："几个小时内，我们就成了真正的朋友——好像我们的梦想和抱负注定是为了彼此而存在的。"

"西部乐园"号邮轮

红星航运公司 16,500 吨位的"西部乐园"号邮轮载着埃尔莎和海伦·杜卡斯从安特卫普起航。

一辆没有标志的警车把阿尔伯特放在南安普敦的码头区，然后他从那里乘坐汽艇登上了这艘开往纽约的轮船。

阿尔伯特独自站在甲板上，对着大西洋泛起的浪花，费力地点着了烟斗。

他为埃伦费斯特感到悲伤。

也为他自己的过去。

南安普敦消失在十月的迷雾中。

纽带被切断了。一切已成定局。

海鸥掠过船尾。轮船发出的汽笛声宛如忧伤的合唱。

他再也见不到欧洲了。

见不到青年时期的宗教天堂了。

这一年，阿尔伯特五十四岁。

四

　　我发现，阿尔伯特到达普林斯顿后做的第一件事就是去纳苏街上的巴尔的摩冰激凌店买了一个冰激凌甜筒。他点的是撒有巧克力屑的香草味冰激凌。神学专业的学生约翰·兰普（John Lampe）看着阿尔伯特。"这位大人物看了眼甜筒，冲我笑了笑……然后用拇指先指着甜筒，又指了指他自己。"

　　万圣节前夕，一群玩"不给糖就捣蛋"的女孩敲了他的门。阿尔伯特走到前面的门廊上，为她们演奏了小提琴。

——咪咪·蒲福，普林斯顿，1955 年

　　1933 年 10 月，阿尔伯特和埃尔莎偕同海伦·杜卡斯一起入住普林斯顿的孔雀酒店。埃尔莎四处寻找合适的房子，阿尔伯特则刻意避开记者们。

　　一周后，他们搬进了莫塞尔大街和图书馆大街拐角处的临时住所。

幸福的夫妇

阿尔伯特很快就成了普林斯顿引人好奇的话题。

然而，他在这里感到安然无恙。他喜欢周围的宁静。有时，他向狗和孩子们问好；有时，停下来欣赏树木和花朵，比如美国冬青树、橡树、绣球花、桦树和普林斯顿榆树，计算着橡树和桦树何时才会吐芽长叶。"若橡树在桦树之前长叶，那么你将看到丁点鲜绿；若桦树在橡树之前长叶，那么你或许能够看到大片的绿荫。"

哈佛大学授予他荣誉博士学位。

哈佛大学校长詹姆斯·布赖恩特·柯南特（James Bryant Conant）这样评价阿尔伯特："他被誉为理论物理学领域伟大的革命者，他的大胆推测已成为基础学说，即使人类目前遇到的问题很快就被遗忘，这些学说也将被后人所铭记。"

阿尔伯特一刻也没有忘记欧洲。他对维也纳《万花筒报》（*Bunte Welt*）的记者说："我无法理解整个文明世界对当代这种野蛮行为的消极回应。难道世界各国都看不出来希特勒企图发动战争吗？"

据《世界舞台》（*Die Weltbühne*）杂志的撰稿人瓦尔特·克莱泽（Walter Kreiser）披露，魏玛空军精英部队"M 大队"在德国和苏联进行秘密训练，违反了《凡尔赛条约》。随后，克莱泽和杂志社的编辑卡尔·冯·奥西茨基（Carl von Ossietzky）被指控犯有叛国罪和间谍罪，并被判处十八个月的监禁。克莱泽逃离了德国；而奥西茨基留了下来，他被关押了数月，又在圣诞节大赦期间被释放了。

后来，奥西茨基再次被捕，并先后被关押在施潘道监狱和奥尔登堡附近的帕彭堡–埃斯特尔韦根集中营——这是仅次于达豪的第二大集中营。

阿尔伯特联系了先驱社会工作者、女权主义者和诺贝尔奖得主简·亚当斯（Jane Addams），建议她提名奥西茨基参选 1935 年诺贝尔和平奖。在她这么做了之后，阿尔伯特写信给她说："亲爱的简·亚当斯夫人！非常感谢您支持奥西茨基，不幸的是他将不能再忍受残酷的对待了。美国民众无法想象在德国受迫害的所有进步人士遭受的虐待。"

世界各地的许多科学家和政治家都参加了这场竞选活动。

国际红十字会的巡视员发现奥西茨基"在不停地颤抖,脸色十分苍白,像是没有知觉似的,他的一只眼睛浮肿着,牙齿也被打掉了,还拖着一条骨折且没有恢复好的腿……这个人所受到的虐待已经达到身体所能忍受的最大极限了"。另外,他还患上了肺结核。

后来,当奥西茨基获得诺贝尔和平奖时,戈林命令他拒绝接受这个奖项。奥西茨基在医院做出回复:

> 经过深思熟虑,我已经决定接受授予我的诺贝尔和平奖。我不认同国家秘密警察的代表们向我提出的观点,他们认为我这样做会把自己排除在德国社会之外。诺贝尔和平奖不是国内政治斗争的标志,而是民族间互谅理解的象征。作为诺贝尔和平奖的得主,我将尽我所能促进这种理解;同时,作为一个德国人,我将铭记德国在欧洲的正当利益。

两名诺贝尔委员会的成员——夫丹·科特(Halvdan Koht)(挪威外交部长)和西格蒙德·莫文克(Sigmund Mowinckel)辞职了。挪威国王哈康七世拒绝参加和平奖的相关典礼。挪威《晚邮报》(*Aftenposten*)称:"奥西茨基是个罪犯,早在希特勒上台之前,他就用违法的手段攻击他的国家。各民族、各国家间的持久和平只有通过尊重现存法律才能实现。"

德国政府禁止本国公民接受诺贝尔奖,也不允许国内媒体提到奥西茨基获诺贝尔奖的消息。

三年后,四十八岁的奥西茨基仍被警方拘留在柏林市潘科区的诺丹德(Nordend)医院,因肺结核和守卫的虐待导致的副作用而死去。

搬到普林斯顿并在莫塞尔大街安家让埃尔莎精疲力尽。与此同时,她又获悉伊尔瑟因肺结核死在了巴黎。

后来,埃尔莎也生病了。医生诊断她患了心肌炎,并引发突眼性甲状腺肿大。此外,她还患有肺炎,甚至开始咳血。

阿尔伯特向海伦·杜卡斯吐露:"我不忍心看到她这么痛苦。"

"她知道你是多么地爱她。"

"你也这样想吗?"

"是的。她曾经对我说,您对她的关心是一种莫大的安慰。"

夏季,他们到阿迪朗达克山区的萨拉纳克湖上度假。

后来,医生开始给埃尔莎注射吗啡。

然而,埃尔莎还想试着织条围巾。此时,她的腿和脚踝都肿起来了。她的心脏和肾脏也在逐渐衰竭。

1936 年，还有五天就到圣诞节了，埃尔莎倏然死在了普林斯顿的家中，享年六十岁。

阿尔伯特悲恸不已，整个人犹如槁木。

葬礼在他们位于莫塞尔大街的住处举行。随后，埃尔莎被送到苏格兰路（Scotch Road）78 号的尤英公墓（Ewing Cemetery）火化了。

阿尔伯特瘫倒在海伦的怀里。

"您要往前看，想想以后的生活。"她说。

"我会非常想念她的——我会非常想念她的。"

按常规生活的人

阿尔伯特过着规律单调的生活。每天上午 9 点吃早饭。黄油煎蛋，再抹上一茶匙蜂蜜，还有新鲜的面包卷。

吃完早饭，他步行去研究院，路上经常被当地想要见他的人拦住。他摆好姿势给他们拍照，签上自己的名字，最后再写几句令人高兴的话。

到了研究院，他在那里一直工作到下午 1 点。

然后回家吃午饭——通常是意大利面。吃过午饭，他会小憩一会儿。

接下来，他就在书房里工作到 6 点半，然后吃晚饭。之后，他回到书房，继续工作到晚上 11 点。

最后，上床睡觉。

"媒体总在打扰我。"

《纽约时报》写道：

阿尔伯特·爱因斯坦博士在攀登宇宙中的阿尔卑斯山脉，他在这今无人攀登上的数学之巅翱翔，并宣告自己已经在空间和物质结构中发现了一种新的模式。目前，据爱因斯坦透露，二十年来，他为找到一种能够解释宇宙整体机制的定律而不懈探索，研究范围上至浩瀚无垠的星系，下到微小的原子中心的奥秘，最终，他看到了自己所期许的"知识乐土"，他的手中握着能解开全宇宙之谜的万能钥匙。

*

他孤独地探究着万物的统一规律。他写信给冯·劳厄："我觉得自己像是一个掌握不了入门知识的小孩，尽管如此，奇怪的是，我没有放弃希望。毕竟，这里讨论的是一个难以理解的谜团，而不是一个心甘情愿的夜女郎。"

他又写信给索洛文："我和我的学生们在研究一个非常有趣的理论，我希望用它来打败当前那些支持神秘主义和概率论的人，消除他们对物理学领域所存在的现实概念的反感。"

1939 年，战争爆发前的几个月里，人们疯狂地追捧新的物理学观点。

在柏林，凯撒·威廉研究所的奥托·哈恩（Otto Hahn）和弗里茨·斯特拉斯曼（Fritz Strassmann）发现了原子核可以被分解，由此形成的核裂变会释放出大量的原子能，能量的多少与原子质量的大小成一定的比例。这种理念当然也在质能方程 $E=mc^2$ 的解释范围内。假如核裂变持续进行下去，那么将会形成链式反应，从而产生巨大的能量。

几个月内，《自然》杂志发表了二十多篇关于核裂变的文章。

同利奥·西拉德在一起

利奥·西拉德（Leo Szilard）出生于布达佩斯一个富裕的犹太家庭，父亲是个工程师。他原名利奥·施皮茨（Leo Spitz），1900 年改名为西拉德。起初，他在柏林技术大学学习工程学，但被阿尔伯特、哈伯、能斯特、普朗克、冯·劳厄、薛定谔等物理学家的研究所吸引。1921 年，西拉德放弃了工程学专业，然后转学到柏林大学，师从马克斯·冯·劳厄等人研究物理学。后来他以一篇论文获得了博士学位，该论文证明了热力学第二定律不仅适用于此前认为的平均值，还适用于光强的波动值。在 1925 至 1933 年间，他多次与阿尔伯特合作，申请了许多专利，其中一项专利是新型冷却系统，他们想以此引起德国通用电力公司的关注，却没能成功。

希特勒上台后，西拉德搬到了英国，在那里和圣巴塞洛缪医院（St Bartholomew's Hospital）的 T.A. 查尔默斯（T.A. Chalmers）合作研发了西拉德－查尔默斯工艺，用化学方法将放射性元素从与其对应的稳定同位素中分离出来。同时，在西拉德的影响下，威廉·贝弗里奇（William Beveridge）爵士成立了学术援助委员会，帮助受迫害的科学家离开纳粹德国。在 1935 至 1937 年间，他在牛津大学的克拉伦登实验室担任物理研究员。

1933 年 9 月，西拉德设想了核链式反应的可能性——这是释放原子能过程中关键的一步。然而，英国杰出的物理学家卢瑟福（Rutherford）勋爵刚在不久前驳回了这项研究。

像阿尔伯特一样，西拉德曾在 20 世纪 30 年代数度访美，并考虑要移居美国，最终于 1938 年定居在纽约市。

西拉德在哥伦比亚大学的普平实验室和瓦尔特·齐恩（Walter Zinn）合作研究中子辐射的问题。他们发现，原子核裂变时，会有两个中子瞬间发射出来，此外，铀核可以维持链式反应。他们和哥伦比亚大学的恩里科·费米（Enrico Fermi）及赫伯特·安德森（Herbert Anderson）一起做的其他研究表明了水和二氧化铀能够满足自持的链式反应的要求。

西拉德非常关注这些新发现的原子理论在武器研发中的应

用。当时，德国的核研究十分先进，因此他认为自己和同事们正在做的研究不应该被公之于众。西拉德和另外两名同事——尤金·维格纳（Eugene Wigner）和爱德华·泰勒（Edward Teller）希望美国政府拨款支持他们的确定性实验，以证明持续的核链式反应是可能的。

因此，利奥·西拉德和尤金·维格纳找到了阿尔伯特。他们想请阿尔伯特给罗斯福总统写信。一封带有阿尔伯特许可的信将会受到美国国务院的高度重视。

此外，这也促使美国开始研发拥有巨大能量的武器。受 X 射线加热的空气会形成一个巨大的火球，发出比声波速度更快的冲击波，并造成难以想象的伤亡和破坏。

*

阿尔伯特住在纽约长岛培科尼克海湾老格罗夫路（Old Grove Road）上一幢租来的小别墅里。西拉德和维格纳来到这里，向阿尔伯特解释了他们的计划。然后，他们一遍又一遍地起草信的内容。

经过两个月的"瞎摸乱撞"，他们终于找到了一个人可以把这封经阿尔伯特署名的信交到关键人物罗斯福总统的手中。这个人就是美国犹太裔银行家——亚历山大·萨克斯（Alexander Sachs）。

1939 年 10 月 11 日，萨克斯去白宫见罗斯福。

后来，萨克斯向阿尔伯特讲述了他与罗斯福总统会面的情形。他说，罗斯福显得很冷淡，并告诉他核武器研究还为时过早。

萨克斯不想就这样放弃了。于是，第二天早上，他又返回白宫。

罗斯福独自一人坐在餐桌旁。

"总统先生，我只是想给您讲个故事。在拿破仑战争期间，有个年轻的美国发明家去见法国皇帝，主动提出要建造一支轮船舰队，这样拿破仑就能在任何天气状况下登陆英国。没有帆的蒸汽轮船？在拿破仑看来，这种想法极其荒谬，因此他把罗伯特·富尔顿（Robert Fulton）打发走了。英国历史学家艾克顿（Acton）公爵认为，我们可以从这次事件中看出英国是如何被对手的短视拯救的。如果拿破仑能表现出更多的想象力和谦卑，那么 19 世纪的历史将会被彻底改写。"

总统一言不发，端详着他最喜欢吃的柏林果酱包，一种填满果酱的热甜甜圈。

他草草地写了个便条，把它递给用人。

"等一下。"他对萨克斯说。

用人回来时带着一瓶包装严实的法国佳酿白兰地。总统让用人把两个玻璃杯都倒满。然后，他举起酒杯，向萨克斯点头致意并祝酒。

"亚历克斯，你是不想让我们都被纳粹分子炸死，对吗？"

"是的。"

罗斯福叫来了他的军事助理埃德温·沃森（Edwin Watson）将军——绰号"老爹"。然后，他指着萨克斯的信。

"老爹，我们必须要有所行动了。"

约翰·埃德加·胡佛（J. Edgar Hoover）连续十六年担任美国联邦调查局局长，他声称阿尔伯特是极端激进分子，曾经为共产主义杂志撰稿。胡佛反对阿尔伯特参与美国海军或陆军的任何秘密事项。

与此同时，阿尔伯特、海伦和玛格特决定申请入籍，成为美国公民。入籍申请被批准后，他们对着新泽西州特伦顿市的一位联邦法官进行了宣誓，然后就正式成了美国公民。

后来，阿尔伯特、海伦和玛格特回到了普林斯顿市，每天通过看报纸和听广播的方式了解战争的动态，雷打不动。

《纽约时报》

有一天，在阿迪朗达克的小别墅里，海伦·杜卡斯把广岛遭
原子弹轰炸的消息告诉了阿尔伯特。

"噢，我的天啊。"

三天后，又一枚原子弹袭击了长崎。

第二天，华盛顿发表了一份报告，其中概述了阿尔伯特的那
封信对罗斯福产生的影响。

紧接着，爱因斯坦就登上了《时代》杂志的封面。

国际媒体对此愈发关注。他们说，阿尔伯特应该为这两枚原
子弹负责。

阿尔伯特感到自己卷入了舆论的旋涡，这让他备受折磨。新
闻记者在街上拦住他。

"爱因斯坦博士，爱因斯坦博士，您认为原子弹会把人类文明摧毁吗？"

"我认为，人类文明不会在使用原子弹的战争中被摧毁。"

"那么，将会有多少人因此丧生呢？"

"也许，地球上三分之二的人会死于这场战争。"

"爱因斯坦博士，您一定很骄傲。"

"原子能已经改变了除人类思维方式之外的一切事物，因此我们在无意间就步入了空前的灾难。"

1945 年 12 月 10 日，诺贝尔委员会邀请阿尔伯特参加在纽约阿斯特酒店（Hotel Astor）举办的"第五届美国诺贝尔周年晚宴计划"并致辞。

他格外谨慎地写了一篇简单直接且不会被听众误解的讲稿。

"女士们，先生们，今年的诺贝尔周年晚宴具有特殊的纪念意义。经过多年的艰苦斗争，我们重新获得了和平；或者我们应该视之为和平。对于那些以不同方式参与了原子弹的制造和使用的物理学家们来说，此次活动的意义显得尤为重大。

"因为这些物理学家们发现，他们目前的处境与阿尔弗雷德·诺贝尔（Alfred Nobel）何其相似……"

他解释道，诺贝尔发明了迄今为止威力最大的炸药，"一种绝佳的毁灭性武器。为了赎罪，为了缓解他内心的不安，他设立了诺贝尔奖来促进和平，以及表彰人们为争取和平所做出的贡献"。

在阿尔伯特看来，今天的物理学家们也像诺贝尔一样，受到这种罪恶感的困扰。

"为了防止全人类的公敌抢先研制出核武器，我们就帮助创造了这种新型武器——考虑到纳粹分子的侵略心理，这种武器会被其滥用，对世界其他民族产生无法想象的破坏和奴役性影响。

"后来，物理学家们把武器交给了美国人和英国人，并把他们当作和平和自由的战士以及全人类的代理人。然而，到目前为止，我们没有看到他们对于和平的任何保证。在《大西洋宪章》中，美英两国曾向世界各国允诺自治的权利，但我们也没有看到任何保障。我们赢得了战争，却没有赢得和平……

"他们向世界各国允诺要消除贫困，但大部分地区却面临着饥饿问题，而其他地区则过着富足的生活……

"请允许我说一个具体的事例，虽然这仅发生在我们犹太民族的身上，但代表了人类整体的处境。由于纳粹分子的暴行仅或主要针对犹太人，因此世界其他民族就袖手旁观，消极地对待第三帝国政府所犯下的滔滔罪行，甚至与他们签订条约和协议。

"不管怎样，这都已经发生了，没有人站出来阻止。如今又是什么情形呢？……

"……无比讽刺的是，英国外交大臣对许多可怜的欧洲犹太人说，他们应该留在欧洲，因为那里需要他们的天赋，但另一方面又建议他们不要表现得太突出，以免招致新的仇恨——不仅是仇恨，甚至还有迫害。哦，恐怕他们也无能为力；欧洲的犹太人已经被推到了最前面，成为纳粹主义的主要受害者，虽然这绝非他们所希望看到的，但已有六百万同胞丧生……

"对此，我们需要大胆作为，彻底改变我们整体的政治观念。希望促使阿尔弗雷德·诺贝尔设立诺贝尔奖的伟大精神，即人与人之间相互信任、彼此慷慨、皆为兄弟的精神，将深入到那些其决定能够影响我们命运的人的心中。否则，人类文明注定要灭亡。"

阿尔伯特为死于广岛的 140,000 人和死于长崎的 74,000 人哀悼。原子能的使用已经造成了可怕的后果。

如今，公众认为铀是一种毁灭性的爆炸物，而辐射和放射性尘埃是相同的。历史向爱因斯坦昭示，一旦在公众头脑中形成了错误的范式，那么则需要一百多年的时间才能消除这种错误的范式并代之以更加正确的理解。

他在写给《纽约时报》的信中引用了罗斯福的话："显然，我们面临的事实是，如果人类文明要保存下来，我们就必须发展研究人类关系的科学，使各民族能在同一个世界和平共处，共同生活和工作。我们付出了惨痛的代价才认识到，只有在法律的约束下，我们才能实现共同生活和工作。除非法律观念深入人心，除非我们能通过共同努力找到新的思维方式，否则人类注定要灭亡。"

《新闻周刊》写道：

透过引爆的空前爆炸和巨大火焰，那些对历史因果感兴趣的人依稀可以识别出这个害羞天真、近乎圣洁的矮个男子的特点：他有一双温柔的棕色眼睛，脸部线条像厌世之犬那样耷拉着，头发如同北极光般散开。虽然阿尔伯特·爱因斯坦没有直接从事原子弹的研究，但他仍是原子弹之父，这是基于两个重要的原因：1）他倡议美国研究原子弹；2）他的质能方程 $E=mc^2$ 为研发原子弹提供了理论上的可能性。

"早知道德国人造不出原子弹，我就不会提供任何帮助了。"

阿尔伯特把记者们拒之门外。

米列娃在苏黎世越来越衰弱了，泰特仍被关在精神病院里。但是阿尔伯特已经减少了从他的诺贝尔奖金中分给米列娃的钱。1948 年 5 月，七十八岁的米列娃独自死去了。她的床底下放了一个包裹，里面有 85,000 法郎。

阿尔伯特抱怨他胃疼得厉害。医生们诊断出他的腹部主动脉里有个动脉瘤。后来，他和海伦·杜卡斯一起去位于佛罗里达湾海岸的坦帕市以南的萨拉索塔市放松休息以恢复体力。

阿尔伯特的妹妹玛雅也和他一起生活在普林斯顿。她于1939年移民美国。她的丈夫身体不好，不能陪她去美国，所以他仍和亲戚们住在日内瓦，直到1952年去世。玛雅和阿尔伯特同住在莫塞尔大街的房子里。1946年，玛雅患上了中风和动脉硬化，从此卧床不起。

1951年，玛雅去世，享年七十岁。

玛雅死后，阿尔伯特继续去研究院工作。他的同事们都很喜欢他，他也很高兴收到他们送的礼物—— 一台调幅调频式收音机唱机。

现在，他的头发全都白了，显得比以前更不真实。他的脸上布满了深深的皱纹；他的眼睛总在流泪；他的手指十分僵硬，已经不能再拉小提琴了。

他写信给马克斯·玻恩："人们普遍认为我已经成了僵化的老东西……我对这个角色并不反感，因为它与我的性情十分吻合……给予比接受更让人快乐。我最好不要把自己和大众的所作所为太当回事，也不要为自己的弱点和恶习感到羞耻，而是要保持冷静、乐观的心态，坦然接受世事变迁。"

以色列使馆

华盛顿特区

1952 年 11 月 17 日

亲爱的爱因斯坦教授：

我谨代表以色列驻华盛顿大使大卫·戈伊坦（David Goitein）博士向您转达以下内容。他和本·古里安（Ben Gurion）总理都想知道，如果以色列国会投票选举您为以色列总统，您是否会接受。一旦接受了总统职位，您将需要移居以色列并加入以色列国籍。以色列人民充分认可您辛勤劳动的崇高意义，总理向我保证，即使您担任了总统，以色列政府也会为您提供完善的设施和彻底的自由来从事伟大的科研工作。

如果您想了解关于这一问题的任何信息，戈伊坦先生会对您知无不言、言无不尽。

无论您的意向或决定如何，倘若能有机会在接下来的一两天内找个方便的地方再次与您交谈，我一定会十分感激。一方面，我理解您今晚向我表达的担心和疑惑。另一方面，不管您的答复是什么，我都希望您能体会到总理的问题中饱含的犹太民族对其任何一个子民的至高敬意。除了对您个人的敬重，我们还要指出，虽然以色列的国土面积很小，但它因高尚的精神和学术传统而称得上是伟大的，而从古至今，正是那些犹太民族中最聪明、最善良的人建立了这些传统。您也知道，我们的第一任总统曾教导我们要据此认识到犹太人的命运，就像您经常告诫我们的那样。

因此，无论您怎样回答这个问题，我都希望您能宽大看待那些提出这个问题的人，并认可他们崇高的目的和动机，正是这些情感才使他们在犹太民族历史的庄严时刻想到了您。

衷心祝愿，

阿巴·埃班（Abba Eban）

对此，阿尔伯特回复道：

> 我被我们的"犹太之国"以色列的提议深深地打动了，同时又为自己不能接受这项提议而感到痛心和羞愧。终其一生，我都在与客观事物打交道，因此我缺乏与人打交道及履行公务职责的天资和经验。仅基于前述理由，我就不适合担任这种高级职位，更别说随着年龄的增长，我的体力也在逐渐衰退。自从我充分意识到了犹太人在世界各国的危险处境，我与犹太同胞的关系就成为我与人类最坚固的纽带，因此，我也为自己无法胜任此职位而万分苦恼。

甘 地

二十年前，纳粹分子在柏林歌剧院烧了一堆书，包括曼、茨威格、雷马克（Remarque）、纪德（Gide）、海明威、海涅、弗洛伊德、马克思、韦德金德（Wedekind）、纳博科夫（Nabokov）、托尔斯泰（Tolstoy）等人的著作。当然，他们也烧了爱因斯坦写的书。

"非美活动调查委员会（Un-American Activities Committee）"没有传唤阿尔伯特，但他还是想找机会与审判官进行争辩。

当收到布鲁克林的英语老师威廉·弗隆格拉斯（William Frauenglass）的来信时，他终于找到了争论的机会。六年前，弗隆格拉斯做了一场题为"以跨文化英语教学技巧来消除学生之间的偏见"的讲座，为此，参议院内部安全小组委员会（Senate Internal Security Subcommittee）传唤弗隆格拉斯。然而，弗隆格拉斯拒绝出庭做证，因此纽约市教育委员会要解雇他。他写信给阿尔伯特求助，认为阿尔伯特的援助"有利于团结教育工作者和公众共同抵制这种新的反启蒙主义的打击行为"。

阿尔伯特的回信发表在《纽约时报》上：

> 我们国家的知识分子正面临着无比严峻的问题。反动保守的政客们设法向公众炫示莫须有的危险，并把对于一切知识成果的怀疑注入公众心中。他们已经成功做到了这一点，如今，他们又开始镇压教学自由，剥夺所有违逆之人的职位，即"饭碗"。少数知识分子应该做些什么来对抗这种罪恶呢？坦白地说，我认为只能采取甘地所说的"非暴力不合作"。被某个委员会传唤的所有知识分子都应该拒绝做证，也就是

说，他们必须做好入狱和破产的准备，简而言之，为了这个国家的文化福祉牺牲他们自身的幸福。他们在拒绝做证之前要先声明，对于一个清白的公民来说，接受这样的审讯是可耻的，而且这种审讯违背了宪法的精神。如果许多人都愿意这样做，那么他们将取得成功。否则，他们就要受到针对其的奴役。

参议员麦卡锡认为阿尔伯特是"美国人民的敌人"。《华盛顿邮报》警告说，如果"美国民众普遍遵从爱因斯坦博士的建议，宁愿入狱也不愿做证，我们的代议制度就要瘫痪了。如果我们要建立有序的政府，那么每个被传唤的证人都必须站出来讲话"。

此刻，阿尔伯特感到疲倦不堪，再也无力应对。他坐在书房里，把烟斗装满了烟丝，点着，抽了一斗又一斗。袅袅烟雾从他头顶上方升起。

五

库尔特·哥德尔

　　一个阴沉枯瘦、沉默寡言的男子站在莫塞尔大街112号外面，凝视着紧闭的百叶窗。

　　男子身高五英尺六英寸[6]，穿着白色亚麻西装，搭配一顶软呢帽。他的脸像猫头鹰似的，看上去严肃而又睿智。一副厚厚的

---
[6] 编注：1英寸=2.54厘米，五英尺六英寸=1.6764米。

眼镜使他那双犀利的蓝眼睛显得更大了。

他在房子前面的草坪上踟蹰，一遍又一遍地大声数着步数向门廊走去。他手里拿着十二枝红玫瑰，附带的卡片上写着："致我最亲爱的朋友，阿尔伯特·爱因斯坦。生日快乐。——库尔特·哥德尔（Kurt Gödel）。"

一名身穿制服的司机开着一辆克莱斯勒皇冠豪华轿车，载着咪咪·蒲福和伊莎贝拉·蒲福（Isabella Beaufort）去往圣戴维斯高中（St David's High School）。

这对姐妹又高又瘦。两人都是满头金发，用丝巾扎着高高的马尾辫。她们穿着饰有圆点花纹的衬衫裙，脚上是白色的短袜和凉鞋。

她们坐在车内铺着长毛绒软垫的豪华座上，聊起鳏居的父亲惠特尼·蒲福（Whitney Beaufort）最近写给她们的信件。他像往常一样漫无边际地谈到康涅狄格州格林尼治镇的蒲福公园。一任又一任保姆在那里的一座被称为"城堡"的宅邸里把咪咪和伊莎贝拉抚养长大。

如今，惠特尼·蒲福身体虚弱，隐遁避世，他因患有类风湿性关节炎和早发性痴呆症而坐在轮椅上。管家和护士们对他悉心照料，有求必应。他只在正餐时间出现，然后默默地吃饭。此外，家里还有一名上了年纪的司机、几个园丁、厨师和厨房女仆等员工。除了洗澡、穿衣服和被人抬到轮椅上安静地吃饭，惠特尼·蒲福大部分时间都躺在床上。

"二战"前，许多名人要士曾在城堡里和蒲福一家共度时光，其中包括时任纽约州州长的富兰克林·罗斯福（Franklin Roosevelt）。

另一位常客是咪咪和伊莎贝拉目前就读的那所中学的创始人——古怪的哈佛学者艾弗里·惠廷尔三世（Avery Whittingale III）。令罗斯福感到高兴的是，惠廷尔经常朗诵埃德蒙·克莱里休·本特利（Edmund Clerihew Bentley）的喜剧诗，尤其是蒲福最喜爱的那句："杰弗雷·乔叟/几乎不能更粗俗了，/但这从未影响过/他的《坎特伯雷故事集》的销售。"

国际上研究中世纪文学的学者们前来参观蒲福家的藏书室，为的是端详 15 世纪早期的《坎特伯雷故事集》彩色插图抄本。艺术历史学家们到蒲福宅邸考察《乌尔比诺的维纳斯》，这幅画上的女人与意大利画家提香在画作《美丽的少女》(*La Bella*)、《穿皮衣的女孩》(*Girl in a Fur*)和《戴羽毛帽的女人》(*Woman with a Plumed Hat*)中所用的模特有着惊人的相似，而这三幅画作分别放置在佛罗伦萨皮蒂宫、维也纳和圣彼得堡。

唉，乔叟的手稿和提香的画在 1939 年被卖掉了。现在，城堡的墙上还留有疑似 20 世纪 20 年代美国地区主义的代表画作：

格兰特·伍德（Grant Wood）、约翰·斯图尔特·库里（John Steuart Curry）、托马斯·哈尔特·本顿（Thomas Hart Benton）的微型画作和一幅安德鲁·怀斯（Andrew Wyeth）的早年画作。

而且，藏书室里绝大多数的书籍和印刷品都受潮了。藏书室的图书目录曾被借给纽约市一家拍卖行，后来就消失不见了。到20世纪40年代后期，蒲福公园已经衰败了，如同咪咪和伊莎贝拉就读的中学一样。

蒲福家的人都很势利。如果在家庭谈话时提到了某些响亮的名字，有人就会问："他们是谁……？他们上的是圣戴维斯还是哈佛，还是耶鲁？"血缘、关系、名字、大房子和不动产、社会认可、不言而喻的财产以及血统——这些才是最重要的。

两个女孩的父亲本打算让她们将来去普林斯顿的圣戴维斯高中上学，而惠特尼·蒲福的律师们始终对于他们家严峻的财务状况闭口不言。简言之，家里的钱快用完了。

然而，咪咪和伊莎贝拉却梦想着到伦敦的皇家音乐学院学习。不幸的是，家里没有足够的资金支持她们这样做。同时，家庭律师已经和银行签了某种协议，以满足她们在圣戴维斯的花费。

在学期内，姐妹两人——十七岁的咪咪和十六岁的伊莎贝拉住在普林斯顿郊外布拉德利（Bradley）叔叔的房子里，那里的管家和仆人们照顾着她们。正是住在那里的某个上午，咪咪错拨了爱因斯坦的电话。

布拉德利·蒲福叔叔很少待在那里。他与艾森豪威尔（Dwight Eisenhower）夫妇私交甚笃，在华盛顿的中央情报局担任某秘密行政职务，负责同白宫保持联络。

在前往圣戴维斯的途中，咪咪放低了声音说话："伊莎贝拉——你能保守秘密吗？这是真的。我刚刚和阿尔伯特·爱因斯坦通了电话。"

"你怎么了？"

"我刚刚和阿尔伯特·爱因斯坦通了电话。"

"你疯了吗？"

"我确实和他通了电话。真的。"

"爱因斯坦——拜托——爱因斯坦？那个鼎鼎有名的爱因斯坦吗？"

"我保证就是他。我正要拨药房的电话，结果弄错了号码。于是，听筒里传来：'你好，我是阿尔伯特·爱因斯坦。'他的电话号码是341 2400。药房的电话号码是341 2499。"

伊莎贝拉睁大了眼睛："你跟阿尔伯特·爱因斯坦通了电话？"

"当然，我跟爱因斯坦通了电话。"咪咪说。

"他人怎么样呢？"

"真的很友好。说话带德国口音，声音里带着笑意。今天是他的生日，他七十五岁了。"

"这件事情太奇妙了。"伊莎贝拉说。她津津乐道于"奇妙的事情"总是发生在咪咪身上。

在一间高穹顶、潮湿的音乐室里，咪咪和伊莎贝拉正在练习莫扎特的《e 小调钢琴小提琴奏鸣曲 K.304》的第二乐章。

最后，伊莎贝拉说："很好。再来一次吗？"

"我们必须得走了，"咪咪说，"还有物理课呢。你忘了吗？$E=mc^2$。"

"我是不是跟你说过一百次了——我仍然理解不了这个等式，"伊莎贝拉说，"对不起，我就是不理解。"

"伊莎贝拉，你怎么了？"

"它太难理解了。让我们继续练习曲子吧。"

当天上午，10 点过后没几分钟，阿尔伯特和他忠实的伙伴库尔特·哥德尔在街上一边散步，一边兴致勃勃地聊着。库尔特·哥德尔是个古怪、枯瘦的人，他总是那样手持玫瑰花束，等在莫塞尔大街的房子外。

像往常一样，他们走到普林斯顿高等研究院需要半个小时。他们一口气说出沿途所看到的花的名字。

"连翘，星木兰，二乔木兰。粉红色的花，紫色的花，白色的花。"爱因斯坦说。

"樱花，含苞待放的郁金香，水仙花，金缕梅，盛开的山茱萸。"哥德尔说。

"上帝的杰作，"阿尔伯特说，"上帝的杰作。"

"上帝的杰作。"哥德尔说。

他们在研究院的同事们认为，这对长相奇特的朋友不仅步伐一致，交流起来也旗鼓相当。哥德尔天生的野性和超凡脱俗让阿尔伯特着迷，他可以巧妙地处理最晦涩难解的哲学和数学概念。反过来，阿尔伯特融犹太人、和平主义者、社会主义者、科学家–哲学家的身份为一体，正是哥德尔仰望的那个人。

只有在艺术品味方面，两人才有明显的区别。阿尔伯特钟情于莫扎特和巴赫，哥德尔则喜欢沃尔特·迪士尼（Walt Disney）的作品。

然而，他们对时空宇宙和第四维度的看法很相似。哥德尔也认为，物质的分布使时空结构发生了弯曲和变形，因此，当航天器的运行速度足够快时，它可以到达过去、现在或未来的任何地方。

哥德尔出生于奥匈帝国时期的布隆（Brünn），在维也纳求学，并被维也纳大学聘为编外讲师。20 世纪 30 年代，纳粹分子终止了他的职位，声称他的政治活动是"可疑的"。如果哥德尔通过"政治测试"，他将会得到一个新的职位。

此外，纳粹分子对哥德尔的三次访美也表示怀疑。

1936 年，一个狂热的纳粹学生在维也纳大学的台阶上暗杀了哥德尔的导师摩里兹·石里克（Moritz Schlick），这让哥德尔对暗杀产生了多疑的恐惧。

三年后，纳粹分子宣称哥德尔应当去服兵役，于是，哥德尔和他的妻子阿黛尔（Adele）被迫逃走了。

他们坐着火车穿越西伯利亚到达日本，然后乘船前往旧金山，并于 1940 年 3 月抵达旧金山。

最终，他们定居在普林斯顿。哥德尔在普林斯顿高等研究院工作，他每年都续签职位，直到 1946 年成为终身雇员，随后又被任命为教员。

1948 年，他成为美国公民，但在宣誓时他对现场主持仪式的人说，他发现美国宪法在逻辑上有自相矛盾的地方。作为证人的阿尔伯特不得不让他闭嘴，最后通过讲些陈词滥调的笑话转移他的注意力。

在普林斯顿时，哥德尔深受疑病症的困扰。这些恐惧起源于他童年时期患有的风湿热——后来还引发了两次精神崩溃和日益强烈的孤独感。

阿黛尔是他的配偶兼助手。哥德尔二十一岁时在维也纳与她相识，当时她二十七岁，是彼得广场夜蝶俱乐部的舞女。虽然阿黛尔信仰天主教，却是个离了婚的女人。而且，一块胎记损毁了她的面容。对于他们两人的恋爱和婚姻，哥德尔的父母感到惊慌和绝望。

哥德尔似乎在逃避生活。他鬼迷心窍地认为从冰箱和中央供暖系统排出的气体污染了他的食物，还用自己的柯达Kodascope16毫米电影放映机一遍又一遍地观看沃尔特·迪士尼的《白雪公主》。他不参与社交活动，却在夜里长时间地跟任何愿意倾听的人通电话。

他坚持让阿黛尔喂他黄油、婴儿食品和弗莱彻的卡斯托里阿（Castoria）儿童泻药。为了缓解他的阴郁，阿黛尔在他们位于林登街的前院里放了一只粉色的火烈鸟。哥德尔嘟哝着说，这只鸟太迷人了。

阿黛尔对丈夫在研究院工作感到十分满意，并把研究院称为"老年之家"。

只有和阿尔伯特在一起时，哥德尔似乎才恢复了某种平衡。阿尔伯特是世界上最著名的科学家，哥德尔则是他这一代最伟大的逻辑学家，尽管他的名字对这个世界来说毫无意义。

1954年的春天很美。某天早上，他们走过白人寥寥的街区。当地黑人认出了阿尔伯特，带着仰慕之情朝他微笑，他也报之以微笑。居民们停下来，看着他在纳苏街上买冰激凌。

一个黑人小男孩挥舞着签名纪念册跑向阿尔伯特："请问您能给我签个名吗？"

"你知道我是谁吗？"阿尔伯特问道。

"您看起来像是爱因斯坦博士。"

阿尔伯特重新点燃了烟斗："你说对了。让我看看你都有谁的签名。"他打开签名簿："啊，是的。哥德尔，你看。"

哥德尔看着签名簿上的名字：托尼·加伦托（Tony Galento）。

"重量级职业拳击手，"阿尔伯特说，"人称'两吨重的托尼·加伦托'。他住在新泽西州的奥兰治，身高五英尺八英寸，体重两百四十磅。'两吨重的托尼'。"

"说他体重两吨是不对的。"哥德尔说。

"拳击是夸张的艺术。"阿尔伯特说，"1932 年，加伦托在和亚瑟·德库（Arthur DeKuh）搏斗之前吃下五十二个热狗，赢了十美元的赌注。他们不得不把加伦托的拳击短裤撕开，这样他才能穿上。后来，他在四个回合内就打败了德库。"

阿尔伯特和男孩放声大笑。

"哥德尔，你看——杰里·刘易斯（Jerry Lewis）的签名。你知道他是谁吗？"

"我不知道。"

"还有弗兰克·辛纳特拉（Frank Sinatra）。你听说过辛纳特拉吗？"

"他在电影《乱世忠魂》里扮演列兵安吉洛·马乔（Angelo Maggio），获得了奥斯卡最佳男配角奖。"

哥德尔模仿辛纳特拉饰演的列兵安吉洛："'我们去电话

亭吧，哈？我把藏在我宽松运动衫下面还剩五分之一的威士忌拿出来。'"

"太像了，疯了，"男孩说，"太像了，哇！"

哥德尔开始带着浓重的德国口音唱起《轻歌曼舞好营生》。

阿尔伯特加入进来，他们边唱边跳。

"唱得真好，"阿尔伯特说，"你在哪里学的？"

"我跟阿黛尔学的。在夜蝶俱乐部的时候。我的祖父约瑟夫是个歌手，他是布尔诺合唱团（Brünner Männergesangverein）的成员。"

"合唱团？"阿尔伯特说，"好极了。合唱团，充满欢乐的地方。"

哥德尔沉下脸来："除了我们的这个世界，还存在其他世界和区别于我们的更高级的理性生物。我们生活的这个世界不是我们以后居住或者曾经居住过的唯一世界。"

"你们有笔吗？"男孩问。

"我有，"阿尔伯特说，"但是如果你要认真地做个签名收藏家，你必须随身带一支笔。"

阿尔伯特拿出他的黑色华特曼 22 号钢笔："给你。这是我的'实验室'。"

"我以为你已经在莱顿把它给保罗·埃伦费斯特了。"哥德尔说。

"那支华特曼钢笔是我第一次写下 $E=mc^2$ 时用的。"

阿尔伯特高兴地签了自己的名字,然后弯下身子,从口袋里掏出一枚五分镍币送给这个男孩。

男孩哈哈大笑,拨乱了阿尔伯特蓬松的头发。

"你应该向我的朋友哥德尔教授要个签名。"阿尔伯特说。

"为什么?"

"因为库尔特·哥德尔关于数学基础的研究改变了我们现在生活的这个世界。"

"那他制造原子弹了吗?"

"不,他没有。"

"他像你一样也是个天才吗?"

"他是个天才。是的。但我不知道他是否像我一样理解整个宇宙,从最大的星系到最小的基本粒子。我也不知道他能否像我一样,找到一种统一的场理论作为解释万物的法则,我们拭目以待……"

"好吧。"男孩说,"库尔特,签在这里。"

哥德尔签了他的名字,还写了:"2+2=4。"

"我知道这个等式。"男孩说。

"这会让你也成为一个数学天才的。"哥德尔说。

"太棒了,"男孩说,"见到你们两个真让我高兴。"

男孩递回钢笔时触发了墨水喷头,黑色的墨水溅到了阿尔伯特的手上。

"你可以留着它。"阿尔伯特说，边笑边用手帕擦了擦手。

男孩得意地在空中挥了挥签名簿和钢笔，然后跑开了。

阿尔伯特和哥德尔继续往前走。

"我觉得自己和被压迫的人有种亲密关系，"阿尔伯特说，"也许他们会从我们手中接过这个地球，然后在来世加入我们。库尔特，告诉我，你相信来世吗？"

"是的。我相信，除了现世，肯定还存在另一个世界。"

"为什么呢？"

"为什么不？"哥德尔问，"如果人有能力实现千千万万的事情，但只允许他做到其中一项，那么为什么要创造人类呢？你和我降生在地球上时，不知道我们为什么会来、从哪里来。谁敢说我们离开时也同样无知呢？不管怎样，地球很可能会灭亡。"

"知道存在一些我们无法理解的事情，"阿尔伯特说，"知道最深邃的理性和最璀璨的美好的表现形式——正是这种认知和这种感情才构成了真正虔诚的态度；在这个意义上，仅在这个意义上，我是一个虔诚的人。"

"正如我所说的，世界终将灭亡。"

"是的。"虽然阿尔伯特这样说了，但对哥德尔坚信地球会灭亡感到吃惊。

"我相信我们会带着现世的记忆进入来世，一些基本问题也会被永久地保留下来。你知道最广为人知的等式吗？"

"$E = mc^2$？"

"不，"哥德尔说，"我说的是 2+2=4。"

"哈哈，"阿尔伯特说，"'因为你的是……'⑦"

"'生活是……'"哥德尔说。

"'因为你的是……'"阿尔伯特说。

他们一起跳上跳下，反复唱道："'这是世界终结的方式。这是世界终结的方式。不是一声巨响，而是低声呜咽。'"

阿尔伯特气喘吁吁地说："库尔特·哥德尔，跟我说实话，你在吃东西吗？"

哥德尔发出尖锐的咯咯声。

"哥德尔博士，这一点都不好笑。"

"你吃东西是为了获得安慰，"哥德尔说，"因为你没能找到统一的场理论来把量子力学和广义相对论结合起来。"

"你不相信吗？"阿尔伯特问。

"我不相信。"

"为什么呢？"

"因为我不相信自然科学，"哥德尔说，"它只能造出电视和炸弹。你不相信数学吗？"

⑦ 译注：他们在唱的是托马斯·艾略特 1925 年创作的诗歌《空心人》。

阿尔伯特穿了一条宽松的背带裤，他把肩带往上拉了拉："我相信直觉。"

"你说的是上帝吗？"哥德尔问。

"上帝不会和我商量什么的，"阿尔伯特说，"很遗憾。为什么宇宙会随着时间的流逝而不断膨胀，哈？它真的一直在膨胀。因为存在一个新的时空。"

哥德尔凝视着天空："在这个我们生活的世界里，百分之九十九的美好事物都被破坏了。人们理解不了。世界上的所有人都不理解我们说的话。"

"库尔特，这就是你不吃东西的原因吗？"

"我不吃东西是因为我吃的药不对。我的医生都不会开药。他们要把我送去精神病院。我的墓地将会在精神病院里。你的呢？"

"我的坟墓，"阿尔伯特说，"将会是一个朝圣之地。"

哥德尔大笑："朝圣者要去那里看一个圣人的尸骨吗？"

"是的。"阿尔伯特说，"库尔特，你的身体残骸将会变成什么呢？"

哥德尔轻声笑着说："我会在 760 至 1150 摄氏度的环境下被焚烧 90 分钟，然后成为灰烬。没有墓碑。也没有'安息'。愿灵安息。我们怎么知道我们将会安息呢？我相信数学。但我不相信语言。"

"谁都不相信我们，"阿尔伯特说，"我在普林斯顿被认为是乡村白痴。库尔特，你真正想要什么呢？"

"想让人们记住我是那个发现了我们不能相信语言的人。你呢？"

"不想让人们记得我是那个发明了原子弹的人。你知道我犯过的最大的错误吗？"

"说说看。"哥德尔说。

"在那封向罗斯福总统提议制造原子弹的信上签名。"

"你这是情有可原的。当时，德国人很可能也在研究这个问题，他们或许会取得成功，然后使用这种可怕的武器来成为全人类的主宰。现在，你又要做什么呢？"

"给英国的伯特兰·罗素写封信。罗素能够发表我们认为需要采取的行动的内容。'我们要消灭全人类，还是人类将放弃战争？人们不会面临这种抉择，因为彻底废除战争是很难的。'努力阻止地球上的生命被摧毁是卑鄙可耻的吗？"

他们走到研究院的外面，哥德尔突然被一个高大瘦削、紧蹙眉头的人吸引住了。

"噢，天哪，"哥德尔低声说，"我一眼就看到了一个姓以'O'开头的人。"

"我以为他在维尔京的圣约翰岛上呢。"阿尔伯特说。

"我祝你生日快乐。"奥本海默（Julius Robert Oppenheimer）说。

"谢谢你，我亲爱的院长。"

奥本海默出生于阿尔伯特提出 $E=mc^2$ 的前一年。他身材高大，有着贵族气质。他递给阿尔伯特一个包裹："中午吃饭时来我的办公室，我们喝一杯庆祝庆祝。库尔特，你也来。"

"我们期待你举世闻名的马天尼酒。"哥德尔说。

"你们会喝到的。"奥本海默说，然后就去忙自己的事情了。

几个学生在研究院大门外面驻足，看着他们的这次偶遇。

阿尔伯特打开了奥本海默送给他的生日包裹。里面是一本《薄伽梵歌》。

奥本海默插了一个书签，上面写着："前线需要我们。祝最伟大的科学家生日快乐。尤利乌斯·罗伯特·奥本海默。"

接着，阿尔伯特读："在战斗中，在森林里，在山崖上，/ 在黑暗的大海里，在标枪和箭头之中，/ 在睡梦中，在混乱中，在深深的羞耻中，/ 一个人做过的好事保护着他。"

当阿尔伯特和哥德尔进入研究院时，一群学生和教职员工突然自发地鼓起掌来。许多人拿着相机给阿尔伯特拍照。

阿尔伯特保持着他一贯的沉着和幽默，按照学生摄影师们所希望的那样摆拍，与他在七十二岁生日那天做的如出一辙——当时，在普林斯顿俱乐部，美国合众国际新闻社的记者亚瑟·沙瑟

（Arthur Sasse）努力说服阿尔伯特准许再拍一张他的生日照片，
然后他就伸出了舌头。

学生们和教员们欢呼起来，发出震耳欲聋的"祝你生日快乐"。

约翰娜

下午，约翰娜·凡托娃（Johanna Fantova）打电话到莫塞尔大街，
说要给阿尔伯特剪头发。

从 20 世纪 20 年代起，阿尔伯特和约翰娜就一直是朋友。
约翰娜出生在捷克斯洛伐克，比爱因斯坦小二十岁，自 20 世纪
50 年代初在普林斯顿图书馆担任地图管理员。除了杜卡斯女士，
她也兼任阿尔伯特的私人助理和秘书。

阿尔伯特喜欢约翰娜小心翼翼地梳理和修剪他那乱蓬蓬的白
头发，以及帮他刮胡子。她用薄布遮过他的肩膀，一撮撮头发聚

在上面。她的专注似乎让他的话更多了。

"我吸引了地球上每个疯子的注意力。我为这些人感到难过。有位妇女请我给她六份签名以留给她的孩子们，因为她没有别的东西可以留给他们。"

"你相信她吗？"

"我不相信她说的话。但我们还是把签名寄给她吧。有位物理学家说我是数学家，有位数学家说我是物理学家。也许约瑟夫·麦卡锡（Joseph McCarthy）和他的委员会能让我知道自己究竟是什么人。我厌恶他们对奥本海默的迫害。为什么不看看海森堡为希特勒做的事情呢？"

"海森堡是名优秀的钢琴家。"

"大概是像希特勒作为画家那样不错的钢琴家吧。"

"海森堡想要拜访您。"

"哈哈。我要出去。"

"尼尔斯·玻尔的儿子也想拜访您。"

"奥耶·玻尔（Aage Bohr）比海森堡更正派，但他话太多了。"

阿尔伯特并不理会约翰娜为他剪的发型，而是转到钢琴那里。

"我在音乐里做着自己的白日梦。我用音乐来看待自己的生活。"

"我知道。"

"是吗？听——"

他开始弹奏莫扎特的《C大调第16号钢琴奏鸣曲K.545》。

"我从音乐中获得了许多人生乐趣。"

约翰娜在认真地听，她的头随着音乐摇摆，像阿尔伯特一样着迷。

杜卡斯女士在莫塞尔大街忙得不可开交。

她为了阿尔伯特生日当天的音乐晚会而忙上忙下，晚会和1952年的那场音乐会一样。当时，"茱莉亚四重奏"演奏了巴尔托克（Bartok）、贝多芬和莫扎特的曲子。阿尔伯特也受邀加入了现场的演奏。

对于这次的音乐晚会，他有别的妙计。他趁杜卡斯女士听不到时，拿起电话，拨通了记在玻恩来信上的号码。

咪咪·蒲福接了电话。

"咪咪？"

"是的。"

"我是阿尔伯特·爱因斯坦。"

"我之前也在盼着您的电话。我想祝您生日快乐。"

"哦，谢谢。咪咪，谢谢你。"

"爱因斯坦博士，您现在好吗？"

"考虑到我已经胜利地挺过了纳粹主义和两任妻子，我目前应该还不错。你在做什么呢？"

"我正在弹奏曲子。"

"什么曲子？"

"莫扎特的《e小调钢琴小提琴奏鸣曲K.304》的第二乐章。"

"你的小提琴在手边吗？"

"在呢。"咪咪说。

"你能为我弹奏一下吗？"

"当然可以了。"

阿尔伯特听得入了迷。"太好了，"他喊道，"太好了。"他激动地哇哩哇啦地说道："十天后你一定要来看我。几位优秀的音乐家要来给我举办一场小型的生日音乐会。我想让你过来。你能来为我演奏吗？"

"没问题。什么时候？"

"7点30。你知道我的地址吗？"

"知道，我在电话簿里查过了。"

"你喜欢吃冰激凌吗？"

"我非常喜欢。"

"我也是。到时候，我们先演奏莫扎特的曲子，然后吃冰激凌。"

"我能带上我的妹妹伊莎贝拉吗？我们一起演奏刚才那首莫扎特奏鸣曲可以吗？"

阿尔伯特离开书房去找杜卡斯女士。他在厨房里找到了她。
"我要出去一下，大概要几个小时。"他对她说。

"去哪里？"

"和哥德尔去研究院。"阿尔伯特说，"你得为晚会做准备，
我不能妨碍你。哦，海伦，我想起来了——我要去见见那个跟你
一起执行我遗嘱的人——奥托·内森（Otto Nathan）。对了，
你要确保我们有足够的冰激凌来招待客人。"

爱因斯坦离开住处，沿着莫塞尔大街边走边唱莫扎特的《小
夜曲》："哒哒哒 哒哒哒哒哒哒！哒哒哒 哒哒哒哒哒哒！"

他没有注意到那辆黑色的福特都铎轿车，而车里的司机和乘
客匆匆瞥了他一眼。

等阿尔伯特消失在视线中，这两个人走到他家的前门口。

杜卡斯女士为他们开了门。

她想，他们可能是基督教科学家或者耶和华见证人，或者来
自山达基教会。

其中一个人的脖子很粗，他咧嘴笑着，露出黄色的牙齿："我
们可以占用您几分钟的时间吗？"

"我正忙得不可开交。"杜卡斯女士说。

"您是海伦·杜卡斯吗？"另一个人问。

"是的，我是。我能帮上什么忙吗？"

"您是爱因斯坦博士的秘书和管家，对吗？"

"是的，我是。爱因斯坦博士目前不在家。你们要约时间见他吗？"

"事实上，"第一个人说，"我们是想和您谈谈。"

"我……？你们想和我谈些什么呢？你们是谁？"

两人都拿出了黑色的钱包，里面是他们的身份证明——新泽西州纽瓦克市联邦调查局特工，约翰·鲁杰罗（John Ruggiero）和简·格雷斯凯维茨（Jan Grzeskiewicz）。

"联邦调查局？"杜卡斯女士说，"是有什么问题吗？"

"没什么问题，杜卡斯女士，"黄牙齿的鲁杰罗说，"我们只是想请您用几分钟的时间帮我们澄清一些事实。"

"那好吧，既然用不了太长时间。你们最好还是进来吧。"

"我们能单独谈谈吗？"格雷斯凯维茨问。

她把这两个人带到阿尔伯特的书房里。

格雷斯凯维茨背对着杜卡斯女士和他的同伴。他把手伸进夹克，启动了一个小型的录音设备—— 一台普罗托纳微型录音机（Protona Minifon）；他的手表里有个内嵌的麦克风。鲁杰罗拿出笔记本和圆珠笔，开始提问：

"从 1928 年起，您就一直受雇于爱因斯坦博士吗？"

"是的。"

"担任秘书和管家？"

"是的。在此之前，是爱因斯坦博士的妻子承担这些职责，包括做饭。"

"您说的是埃尔莎吧。当时是在柏林吗？"

"埃尔莎，是的，"杜卡斯女士说，"大约二十五年前，在柏林。现在，爱因斯坦博士已经七十五岁了。他身体虚弱，心脏也不好。先生们，我还有工作要做。"

"女士，我们也在工作。"鲁杰罗笑着说。他拿出一包骆驼牌香烟。

"您要来支烟吗？"

"不用了。"杜卡斯女士说。

鲁杰罗点燃了一支香烟："我们奉命询问您是否认识或者听说过格奥尔基·米哈伊洛维奇·迪米特洛夫（Georgi Mikhailovich Dimitrov）。您对他了解多少呢？"

"迪米特洛夫？我听说他和其他共产党人被指控策划了国会大厦的纵火案。后来，他被宣判无罪。"

鲁杰罗对着他的笔记本读道："迪米特洛夫定居在莫斯科，作为共产国际执行委员会秘书长，在除斯大林和阿道夫·希特勒合作期外的时间里，他都在支持开展反对纳粹分子的人民阵线运动。1944年，他领导人民反抗附庸于轴心国的保加利亚政府；1945年，他回到保加利亚，立即被任命为一个受共产党人控制的祖国先锋政府的总理。他在政治事务上采取独裁统治，以此不断巩固共产主义政权，直到 1946 年保加利亚人民共和国成立。他曾经到柏林拜访过爱因斯坦博士。"

"我不记得这件事情了。爱因斯坦博士几乎没有访客，而且他用信件来处理各项事务。"

"您有爱因斯坦博士的信件吗？"

"现在都找不到了。"

"杜卡斯女士，您对政治感兴趣吗？"

"我只是反对希特勒在德国的崛起。我的朋友都是犹太人。我最感兴趣的是犹太人的事情。我的人生兴趣就是犹太人的事情和爱因斯坦博士。您是在暗示爱因斯坦博士同情共产党员吗？"

"您认为这个假设合理吗？"鲁杰罗用一种带有歉意的口吻问道。

"不，我并不觉得。"

"杜卡斯女士，您是否认同，随着时间的流逝，您的头脑也不太清晰了？"

"关于什么呢？"

"姓名，日期，地点。"鲁杰罗说，"关于 1928 到 1933 年爱因斯坦博士在柏林的生活。我们有证据表明，爱因斯坦博士的高级秘书埃尔莎·爱因斯坦，或者他年长的继女，曾和苏联通讯员有过来往。"

"他的继女在 1926 年结婚后就不再担任他的秘书了。她已经去世了。埃尔莎也不在了。"

"您还记得爱因斯坦博士的公寓吗？"

"当然记得了。"

"公寓里进出口各有两个。主楼梯通向外面的哈勃兰德斯大街。另一个楼梯呢？"

"仆人们的楼梯通向阿莎芬堡大街（Aschaffenburger Strasse）。"

"这不是通讯员进进出出却不被发现的绝佳场所吗？"

"你可以这么说。但我从来没有这样想过。"

"我想过。"鲁杰罗说，"1928 年 3 月，爱因斯坦博士的健康状况越来越糟，因此他不得不聘请一位新秘书。您的姐姐罗莎在和埃尔莎·爱因斯坦谈起犹太人的孤儿组织时推荐了您。1928 年 4 月 13 日，那天是星期五，您去了哈勃兰德斯大街 5 号面试。"

"是的。不过我本打算拒绝这个职位。"

"为什么？"

"因为我对物理学一无所知。"

"但是您曾经和共产党员有过接触？"

"我当然没有。"

"可您的姐夫西格蒙德·沃尔伦伯格（Sigmund Wollenberger）是共产党员，他的侄子阿尔伯特·沃尔伦伯格（Albert Wollenberger）

也是。当年，爱因斯坦博士来美国时，沃尔伦伯格的姨妈是赞助人。爱因斯坦博士曾参与多个共产主义组织，这在德国境内外都广为人知。他是红十字会儿童之家（Red Aid children's homes）、新俄国友谊协会（Society of Friends of the New Russia）、国际劳工救济组织（International Workers Relief）和世界反帝国主义战争委员会（World Committee against Imperialistic War）的理事。"

"也许吧，我不记得了。"

"依您看，爱因斯坦博士从来都不是共产党员？"

"他肯定不是共产党员。"

"那他反对共产党员吗？"

"或许不反对。"

"您呢？"

"我也一样。"

"您不反对共产党员吗？"

杜卡斯女士保持沉默。

鲁杰罗转向负责音响设备的格雷斯凯维茨："你还有问题吗？"

"没有了。"格雷斯凯维茨说。

"好了，杜卡斯女士，"鲁杰罗说，"谢谢您的配合。非常感谢您。"

"没关系。"

"您能否郑重地承诺将为这次会面保守秘密？"

"如果有所泄露会怎样呢？"

"根据《间谍法》的条款规定，你将会被捕。爱因斯坦博士的名誉将被毁于一旦。您不想像罗森伯格（Rosenbergs）那样，对吗？"

杜卡斯女士努力控制自己的愤怒："你们都忘了吗？你们是否已经忘了萨特把那场审判称作'使整个国家都沾满了血的合法私刑'？"

"杜卡斯女士，爱因斯坦博士也曾表示过抗议，对吗？发出抗议的还有贝尔托·布莱希特（Bertolt Brecht）、达希尔·哈米特（Dashiell Hammett）和弗里达·卡罗（Frida Kahlo）。"

"我想你们该离开了。"杜卡斯女士说。

"所以，杜卡斯女士，请不要提及这次来访，明白吗？"鲁杰罗说，"刚才什么都没有发生，对吗？"

杜卡斯女士带他们出去，一句话都没说。

"杜卡斯女士，再见。"鲁杰罗说。

她很害怕，也没做任何回应。然后，她在那里站了一会儿，看着他们从容自得地缓步走到福特车旁。

联邦调查局的特工们没有马上离开莫塞尔大街。

鲁杰罗转向格雷斯凯维茨："你猜我在想什么？"

"她跟我们说了一堆废话？"

"是的。"

"伙计，我也是这么想的。"

格雷斯凯维茨取出录音设备，把录音带倒回去，随机放了一段录音以确认设备录音成功。

"我的人生兴趣就是犹太人的事情和爱因斯坦博士。您是在暗示爱因斯坦博士同情共产党员吗？"

"是的，他同情共产党员。"鲁杰罗说着，发动汽车就开走了，"我们找到抓他的证据了，他们可以准备牢房了。"

"还有电椅？"格雷斯凯维茨低声笑道。

"我也是这么想的。"

"你见过运转中的电椅吗？"

"当然见过了。"鲁杰罗说，"用皮带把人绑在椅子上，让他说出最后几句话。执行室里的排气扇呼呼地响着。突然一声重击，那家伙抽搐了大约十五秒钟。然后，他们又通了一次电流，击穿他的全身。实施电刑是为了谴责反人类的无耻罪行。人们需要知道历史。"

"那家伙最后说什么了？"

"我忘了。"

"你猜爱因斯坦最后会说什么？"

"不知道。"格雷斯凯维茨说。

"也许是'$E=mc^2$'? "

"猜得不错。你可能说对了。"

"那你知道这是什么意思吗? "

"$E = mc^2$? "

"这说的是什么呢? "

"我怎么会知道? "

"犹太人胡扯的吗? "

"犹太人或者共产党员。"

"都一样。"

"反正我们逮住他了。"

"是他自投罗网。"

"就像基督一样。"

"伙计,别说得太过了。这是美利坚合众国。"

*

1954年3月24日,星期三上午,帕尔默广场西区新开的安·泰
勒商店(Ann Taylor's store)里,咪咪和伊莎贝拉正在精心挑选派
对礼服。

咪咪选了一条用山东缎做的黑色丝绸酒会礼服。短裙里缝有
衬裙,这样就显得更加饱满了。衬裙底边上还有一条整齐的缎带

装饰。为了搭配这条礼服裙，她又买了一双深银色小猫跟鞋子。

"我像格蕾丝·凯丽（Grace Kelly）吗？"咪咪问。

"爱娃·玛丽·森特（Eva Marie Saint），"伊莎贝拉说，"《码头风云》里的伊迪·道尔（Edie Doyle）。"

咪咪帮伊莎贝拉选了一条花连衣裙。

"我是谁呢？"伊莎贝拉问。

"多丽丝·戴。"

"她们都太老了，"伊莎贝拉说，"我们更像奥黛丽·赫本（Audrey Hepburn）。"

"我倒不如去摘月亮呢。"

"《龙凤配》？"

"这还差不多。"

玛丽安·安德森

莫塞尔大街 112 号一楼的音乐室里，阿尔伯特在与朋友们的聚会中显得如鱼得水。

他站在贝希施泰因钢琴旁边，陪着著名的女低音歌唱家玛丽安·安德森（Marian Anderson）。

二十年前，安德森定期在全国各地举办独唱会。当时，无论走到哪里，她都会遭受种族歧视——不能住在酒店的客房里，不能在饭店用餐。阿尔伯特厌恶针对她的这种歧视。1937 年，在普林斯顿大学演出前，她被拒绝入住酒店客房，于是阿尔伯特接待了她。如今有传言说，她可能会受邀成为第一个在大都会歌剧院演出的非裔美国人。

那天晚上，她为阿尔伯特演唱了舒伯特的《圣母颂》。

观众大声地鼓掌喝彩。

尽管大部分人都互相认识，阿尔伯特还是依次介绍了他的客人们：

"我的继女，玛格特。尤利乌斯·罗伯特·奥本海默及其妻子和他们的孩子欧皮（Oppie）、基蒂（Kitty）、托尼（Kitty）、彼得（Kitty）。库尔特·哥德尔和阿黛尔·哥德尔夫妇。我的医生雅诺什·普累施（János Plesch）及其妻子梅兰妮（Melanie），还有他们的孩子安德里亚斯·奥迪罗（Andreas Odilo）、达格玛·霍诺丽亚（Dagmar Honoria）和彼得·哈里奥夫（Peter Hariolf）。奥托·内森博士，我的遗嘱共同执行人。普林斯顿大学首位非裔美籍教授、文学学者和评论家查尔斯·戴维斯（Charles T.

Davis），以及珍妮、安东尼和查尔斯。

"来自日本的理论物理学家木下东一郎（Toichiro Kinoshita）。

"来自瑞典的数学家阿恩·卡尔-奥古斯特·贝林（Arne Carl-August Beurling），还有卡琳（Karin）。

"艺术历史学家欧文·"潘"·帕诺夫斯基（Erwin "Pan" Panofsky），以及多拉（Dora）、沃尔夫冈和汉斯。

"来自中国的物理学家杨·富兰克林·振宁（Chen-Ning Franklin Yang）和杜致礼。

"约翰娜·凡托娃。

"咪咪·蒲福和伊莎贝拉·蒲福。"

每个人都鼓掌欢呼。

"我的医生让我今晚不要拉小提琴，"阿尔伯特笑着说，"因此，咪咪·蒲福小姐和伊莎贝拉·蒲福小姐将共同为大家演奏莫扎特的《e 小调钢琴小提琴奏鸣曲 K.304》的第二乐章。"

咪咪和伊莎贝拉完美地演奏了莫扎特的曲子。

结束时，观众们都站起来，热烈地鼓掌。

杜卡斯女士走近咪咪和伊莎贝拉，向她们献上一大束玫瑰花。

阿尔伯特举起双臂，请大家安静下来。

"现在有请蒲福姐妹演奏莫扎特的《C 大调第 21 号钢琴协奏曲 K.467》的行板部分，而像今天这样的合奏是非同寻常的。同时，长笛、两个双簧管、两个低音管、两个大号、两个小号、定音鼓和弦乐器将为其伴奏。"

管弦乐队的成员们坐在相当狭窄的座位上，观众向他们致以更热烈的掌声。

阿尔伯特则亲自担任指挥。

音乐回荡在莫塞尔大街上。

那个孤独的黑人小男孩正坐在人行道上听着，手里紧紧握着他的签名簿和阿尔伯特送给他的黑色华特曼 22 号钢笔。

演出结束，现场再次响起了热烈的掌声。

每个人都鞠躬致谢。阿尔伯特握着咪咪和伊莎贝拉的手。

等掌声平息下来，阿尔伯特悄悄地问："你们两人明天能来看我吗？"

"当然可以了。"咪咪说，"我们哪天能和您一起去航海吗？"

"我需要稍微考虑下。"阿尔伯特说，"你们两人都会游泳吗？"

"当然会了。"咪咪说，"您会吗？"

"不会，"阿尔伯特说，"我从来没有学过。"

在音乐室的另一侧，杜卡斯女士正监督女仆们为大家上自助餐食物。其中，有阿尔伯特最喜欢的蛋花汤，还有芦笋、带有甜栗子的猪里脊肉、三文鱼和蛋黄酱。此外，还留出了一整张桌子来放置草莓、冰激凌和蛋白糖饼。

"我们还没有被正式地介绍过。"杜卡斯女士对伊莎贝拉说，"我叫海伦·杜卡斯，是爱因斯坦博士的秘书。你们演奏得很美。"

"谢谢。"

"你们来自音乐世家吗？"

"不，"伊莎贝拉说，"要说有什么不同的话，我们是军人家庭。我的叔叔布拉德利·蒲福在弗吉尼亚州兰利市从事某种机密的工作，负责与白宫的联络。他与艾森豪威尔总统和第一夫人都是朋友。"

"啊，"有个声音说，"我是奥托·内森。我很高兴你们两位正在认识杜卡斯女士。她和我共同执行爱因斯坦博士的遗嘱。"

"这份责任相当重大。"咪咪说。

"是的，"内森说，"这是一种荣誉。"

咪咪无法理解为什么西装革履的内森提到了他的角色。但是，像阿尔伯特一样，他似乎也是个谜一般的人物。

3月28日，星期日，咪咪到莫塞尔大街拜访阿尔伯特。

他们愉快地聊起前几天的音乐晚会，然后她对阿尔伯特说，她想用照片做一个学校课题：阿尔伯特·爱因斯坦博士。

"您愿意配合吗？"

"没问题，当然愿意了，"阿尔伯特热情地说，"尽管问我吧。"

"我可以从您的家庭开始吗？"咪咪问道。

阿尔伯特把烟斗填满，然后点上："是的，可以。我有许多家庭照片。照片从来不会变老。你和我却会改变。人会发生改变，但照片依然如故。看着父母亲多年前拍的照片，感觉多好啊。你看到的他们的样子，正如你记忆中的样子。然而，人们在生活中会完全发生改变。这就是我认为照片很美好的原因。"

"我也这么觉得。"

他们并排坐在他的办公桌旁。阿尔伯特拿出了家庭相册。

咪咪边做笔记，边用她的安斯科（Ansco）闪光灯箱式照相机拍了一些爱因斯坦家庭相册中的照片。

"我的父亲叫赫尔曼·爱因斯坦。他是德系犹太人。1847年出生，1902年去世。"

"他是做什么的呢？"

"做什么？他是羽绒床垫推销员。"阿尔伯特向咪咪展示了几张已泛黄的照片："在我四五岁时，我的父亲拿给我一个罗盘。指针的运动方式如此确定，与万事万物运行的方式完全不相称，以至于找不到词来描述这种现象……我至今还记得……那段经历给我留下了永恒的印记。"他叹了口气："他和我的母亲波琳生了两个孩子——我和我的妹妹玛雅。玛雅在1951年就去世了。"

"这是谁呢？"咪咪问。

"米列娃，我和她在1903年结婚。我们有三个孩子。第一个是丽瑟尔·玛丽，她已经不在了。另外还有两个儿子，汉斯·爱因斯坦出生在伯尔尼，爱德华·爱因斯坦出生在苏黎世，后来爱德华因患有精神分裂症而进行收容治疗。米列娃和我在 1919 年离婚，就在同一年，我娶了埃尔莎·爱因斯坦-勒文塔尔（Elsa Einstein-Löwenthal）。埃尔莎是我的表姐，她和她的第一任丈夫马克斯·勒文塔尔生有两个孩子，因此，我又有了两个继女，玛格特和伊尔瑟。我有一个孙子，他是汉斯·阿尔伯特的儿子，叫伯恩哈德·爱因斯坦（Bernhard Einstein）；另一个孙子克劳斯（Klaus）在童年时期就死于白喉；还有一个孙女，她是汉斯的养女。这就是我的家庭。很简单，不是吗？"

"不见得吧。"咪咪说，"我想和奥本海默博士谈谈。"

"你想——为什么呢？"

"我想知道你们在原子弹的研制中所起的作用。"

阿尔伯特缩了一下："我在原子弹的研制中只有一个作用，那就是我在写给罗斯福的信上签了名。这封信强调了美国有必要进行大规模实验来确保它能够研制出原子弹。奥本海默将会告诉你，我很清楚，如果这些实验取得成功，那么对于全人类来说都是可怕的威胁。然而，德国人或许也在研究这个难题，而且还有很大的成功概率，这促使我在信上签了名。尽管我始终是个坚定的和平主义者，但我看不到其他任何出路。在我看来，战争期间的杀戮相比起一场集体杀戮，有过之而无不及。"

"您现在还是持这种看法吗？"

"当然了。咪咪，记住，我们所能体验到的最美好、最深刻的感情就是神秘的感觉。"

他指着着那教象征非暴力宗旨的带框徽章。

"这只手是张开的。它摆的是'施无畏印'的手势，你知道吗，这是印度教和佛教的手印。中间的轮子是轮回之轮，代表着'正法之轮'。轮子中间的单词读作'阿希萨（ahimsa）'，意思是没有伤害，也就是指非暴力。我们所有人都聚集在这个小小的地球上，每个人却都认为他处于地球的中心。虽然我们生活的轨迹互相平行，但我们还是相遇了，不是吗？我们在时空中相遇。咪咪，这就是相对论。"

"$E=mc^2$？"

"是的——我已经说得很多了。我想让你和伊莎贝拉同我一起去航海。到时候，你们可以好好玩，我也会很开心的。"

三月下旬，阿尔伯特开着"蒂尼夫"号帆船，和咪咪和伊莎贝拉一起在莫塞尔县的水库——卡内基湖上航行。阵阵微风拂过湖面。

他递给咪咪一支铅笔和一张纸："拿着这些，万一需要计算呢？"

他顺着风势航行，没有注意到波涛汹涌的水面和浪花。咪咪

"蒂尼夫"号

和伊莎贝拉分别坐在船板的两侧，背靠着座椅休息。

"回想一下梅尔维尔（Melville）的作品，"阿尔伯特喊道，"想想海洋的狡猾。可怕的海洋生物在水下滑行，但是大部分都不显眼，而是危险地藏在迷人的蓝色水域下面……想想海上的这一切；然后再想想我们这个温和、最易驯服的绿色地球；两个都想想——海洋和陆地；难道你没发现这与你自己身上的某些东西有着奇怪的相似之处吗？"

后来，风向变了，咪咪和伊莎贝拉紧紧抓住小船的两侧。尽管阿尔伯特知道自己该做什么，但他能否真正做到却是另一回事了。浪花把他们三个人都打湿了。

"我们的前行取决于我们相对于风的方向。我们不能直接迎着风航行。但是当我们与风形成四十五度夹角时，我们就能逆风而上。"

"蒂尼夫"号穿过水面疾行。阿尔伯特是个大胆的舵手，他的嘴里叼着烟斗，对过往航船上舵手发出的警告无动于衷。阿尔伯特朝他们喊道："'虚空的虚空，凡事都是虚空。'"

咪咪和伊莎贝拉越来越惊慌，她们注意到阿尔伯特的双手正在颤抖，他的身体也在猛烈地摇晃着。

"需要我来掌舵吗？"咪咪问。

"可以，如果你想的话。"阿尔伯特说。

"当然了。"咪咪说。

咪咪接过舵柄时，他们三人要在船上换位置。风持续地吹打着小船，船上处处都在晃动。正常情况下，他们完全可以简单快速地移动，此刻却异常笨拙。伊莎贝拉基本上只能待着不动。

阿尔伯特设法屈膝站着。他一只手握住舵柄，另一只手抓着咪咪稳住自己。

伊莎贝拉倾身向前支撑着他。她这样做大大改变了船上的重量分布。于是，小船颠簸并翘起。

阿尔伯特随之滑向一侧，他扭曲的身体使小船倾斜的角度变得更大了。突然，他失去了平衡，松开咪咪的手，向后从船上掉进海浪里，然后消失在水面之下。

"哦不！"咪咪高声叫喊。

为了不打到沉入水中的阿尔伯特，咪咪把船开走三四段距离，紧接着快速改变航道，让帆船逆风航行，朝风里驶了一段。

她把小船开回阿尔伯特浮出水面的地方，看到阿尔伯特在疯狂地扑腾。她迎风放慢船速，把帆桁推向下风处以减慢速度。小船差不多停在了爱因斯坦旁边的那个点上。

咪咪控制着船的角度，伊莎贝拉从船边伸出手抓住爱因斯坦的夹克。她使出全部力气，把他拉回船上，让他在船板上坐好。

"我们回去了。"咪咪逆着风喊道。

伊莎贝拉把浑身湿透的阿尔伯特抱在怀里，他对她说："'但愿我没哭得这么厉害！'爱丽丝边说边游来游去，试图找到一条出路。'我想，我现在遭报应了，快要被自己的眼泪淹死了！这又将是一件怪事，肯定的！不管怎么说，今天尽是怪事。'"[8]

阿尔伯特的名字吸引了许多人的注意。杜卡斯女士发现布拉德利·蒲福也不例外。

华盛顿"雾谷"地区的天气很潮湿，气温达到 85 华氏度。蒲福的办公室在华盛顿西北区 E 街 2430 号的中央情报局综合大楼里，对面是美国国务院。中情局的标志和入口清晰可见。

蒲福在他的办公室里按旧式的礼节接待了杜卡斯女士。

"我很感激您允许我拜访您。"杜卡斯女士说。

他让她说出自己的忧虑。于是，杜卡斯女士向他讲述了联邦调查局的特工们与她谈话的事情。

---

[8] 译注：这里是阿尔伯特在引用小说 *Alice's Adventures in Wonderland*（中文版为《爱丽丝梦游仙境》）里的一段话。

秘书用速记法做着笔记。

蒲福打开书桌上的各种文件："杜卡斯女士，您知道中央情报局不是联邦调查局吗？"

"我知道。"她说。

"爱因斯坦博士的履历非凡——"蒲福说，"科学家、哲学家、活动家；沙文主义和种族主义的坚定反对者。"

"我知道。"杜卡斯女士说，"他公开发声为斯科茨伯勒的男孩们辩护，他们是亚拉巴马州种族主义的受害者；1946 年实施私刑后，他又和保罗·罗伯逊（Paul Robeson）一起进行了反对私刑的美国改革运动。"

蒲福打开了另一份文件："有种观点认为，他同情共产主义。"

"虽然他曾为共产党辩护，但他从未支持过斯大林主义。他也曾公开发声为言论自由辩护。请问——这是犯罪吗？"

"不，这不是。"

"而且，他从不关心俄国革命的问题。"

蒲福直视着她："但他把自己当作社会主义者。想想他在《每月评论》上发表的文章⑨。'照我的见解，今天存在着的资本主义社会里经济的无政府状态是这种祸害的真正根源……我将把所有那些不占有生产手段的人统统叫作"工人"。在劳动合同是"自由"的情况下，决定工人的收入的，不是他所生产的商品的实际

---

⑨ 译注：以下选段译文来自《爱因斯坦文集》（第三卷），许良英等编译，1979 年，商务印书馆出版。

价值，而是他生活的最低需要，以及资本家对劳动力的需求同就业竞争的工人数目的关系。'"

杜卡斯女士几乎没有掩饰她的不耐烦："请您——"

"听我说完，"蒲福说，"'在目前的条件下，私人资本家还必然直接或间接地控制情报和知识的主要来源（报纸、广播电台、教育）。因此，一个公民要达到客观的结论，并且理智地运用他的政治权利，那是极其困难的，在多数场合下实在也完全不可能。经营生产是为了利润，而不是为了使用。'"

"您说这些是什么意思呢？"

"他说……'在这样一种经济制度里，生产手段归社会本身所有，并且有计划地加以利用。计划经济按社会的需要而调节生产，它应当把工作分配给一切能工作的人，并且应当保障每一个人，无论男女老幼，都能生活。'"

"您说完了吗？"杜卡斯女士问道。

"说完了。"蒲福说，"我只是在重复爱因斯坦博士自己说过的话。"

"我知道，"杜卡斯女士说，"他向我口述了这篇文章。"

"所以我们至少要公正地看待联邦调查局特工对您的拜访。"

"可以，如果您非要这么说的话。"

"是的，我的确是这么说的。"

杜卡斯女士起身离开。

"杜卡斯女士，等等。"蒲福说。

他给她看了一份文件，上面标着：联邦调查局信息自由和隐私法案（Freedom of Information/Privacy Acts）条款。对象：阿尔伯特·爱因斯坦。文件号：61-7099。

蒲福把文件递给秘书。"带杜卡斯女士出去吧，"他说，"再把这份文件放到炉子里烧了。"

"先生，您是想把它毁掉吗？"秘书一脸疑惑地问道。

"这就是炉子存在的目的。"蒲福对她说。

他朝杜卡斯女士笑了笑："联邦调查局局长肯定会保留一份的。让他留着吧。不过，美国政府将不再调查爱因斯坦博士了。"

"真会这样吗？"杜卡斯女士小声地问。

"今天早上，我和总统讨论了这件事，我们两人达成了一致意见。德怀特·艾森豪威尔是个说话算数的人。杜卡斯女士，"蒲福说，"现在务必把我的爱意带给咪咪和伊莎贝拉。"

"我会的。"

"她们是很有才华的音乐家——了不起的年轻女孩。"

"我知道，"杜卡斯女士说，"她们非常钦佩爱因斯坦博士。我觉得她们应该对他带有些许的爱意。反过来也是这样的。爱因斯坦博士一直对两位小姐青睐有加。"

"我也是这么想的。两位小姐的确对爱因斯坦博士十分仰慕。不管怎样，自由世界对他的亏欠是不可估量的。他是有史以来最伟大的人物之一。"

电话响了。

秘书接起电话听，顿时僵住了。"先生？"她说，"找您的——"

杜卡斯女士控制不住自己不去偷听，于是就在门外徘徊。

"是谁？"她听见蒲福问他的秘书。

"先生，是总统打来的，"秘书说，"他想知道今天的访谈情况。"

在1954年剩余的时间里，阿尔伯特显然已经不能照顾好他自己了。

装扮时髦的雅诺什·普累施医生在给阿尔伯特做了彻底的检查后，提出了上述的看法。

普累施问阿尔伯特是否感到胸痛，阿尔伯特断然地说他没有胸痛的感觉。

普累施让他脱去衣服，只留一条衬裤，然后躺在检查床上，再坐起来，深呼吸。

"我的胸部在痛，"阿尔伯特说，"为什么会痛呢？"

"因为包裹着您心脏的满是积液的液囊发生肿胀。您患了心包炎。"

"是吗？"

"是这样的。"

"那我必须住院吗？"

"不用了。但您需要好好休息，吃些无盐的食物和利尿剂。别再抽烟了。"

"别再抽烟了？"

"这个您自己决定。"

"我无法不抽烟。"

"好好考虑下。您要在家休息几天。不要接见访客，也不要工作。"

"我的肝脏很痛。"阿尔伯特说。

"您的肝脏很好，"普累施告诉他，"我们必须注意的是您的心脏。"

阿尔伯特或多或少地听取了医生的建议，并把它传达给杜卡斯女士。然而，他坚称不应该限制他接听咪咪和伊莎贝拉的来电——两位小姐体贴地祝福他早日康复。

咪咪始终认为阿尔伯特的体力衰减是卡耐基湖上发生的事情导致的。

"对不起，"她说，"这是我的错。"

"那是去年的事情了，"阿尔伯特说，"这不是谁的过错。当然也不是因为你。"

"我当时特别害怕。那是一次愚蠢的事故。"

"害怕死亡是一种最不必要的恐惧心理，"阿尔伯特对她说，"因为对于死人而言，没有发生意外事故的风险。咪咪，我还能怎么帮助你——你的课题——它进行得怎么样了？"

"还不错。"咪咪说，"我想知道——如果您不介意的话——您可否问问奥本海默博士，他是否愿意抽出时间来和我谈谈。"

阿尔伯特答应会这么做。

于是，咪咪就给奥本海默在研究院的办公室打电话。但他的秘书说，奥本海默当天的日程表似乎已经排满了。

履行家庭义务中断了咪咪的课题进展。

惠特尼·蒲福日渐衰弱，住进了医院。

因此，咪咪和伊莎贝拉不得不在蒲福公园度过长假来帮助照顾她们的父亲。

有时，咪咪会和阿尔伯特通电话，为他演奏小提琴——莫扎特的《e 小调小提琴奏鸣曲 K.304》。这俨然变成了一个惯例。有些日子，伊莎贝拉也会这样做。

库尔特·哥德尔和她们保持着联系。他告诉她们，阿尔伯特想念她们的到访，也很关心她们的幸福。

"他让我照看着你们两人，"哥德尔说，"他认为你们都是优秀的音乐家。我也是这么想的。接受我的建议吧，不断学习和练习，直到达到炉火纯青的地步，就像爱因斯坦博士那样。"

秋天，姐妹两人又重新开始到莫塞尔大街拜访阿尔伯特，一直持续到普林斯顿寒冷的冬季结束。

阿尔伯特十分喜欢她们的音乐创作。

咪咪启用了一本新的摘录簿，并写下威廉·卡洛斯·威廉姆斯的诗句："唯一值得相信的就是看起来漂亮的人。"

以及：

致阿尔伯特

篝火发出的烟雾映照着枫叶，如同在燃烧。

猩红栎上针尖状的鲜红，

铬黄色的鹅掌楸，

橡树和山核桃木的色调，

灰桃花心木上长着蘑菇色的叶子，黑胡桃木则是金色的。

咪咪·蒲福

1954 年

12月17日，星期五，阴沉、静谧的一天，咪咪、伊莎贝拉和爱因斯坦在莫塞尔大街收听广播。播报的内容是艾森豪威尔总统点亮了华盛顿的圣诞树，预示着圣诞和平盛会的到来。五十六棵小树——代表五十个州、五个美国领土区和哥伦比亚特区——被照亮。

总统说："在这个快乐的日子里，我们仍不敢忘记那些违背正义的罪行、缺乏仁慈的行为和侵犯人类尊严的事实……我们也不敢忘记上帝对我们的恩赐。"

"您认为所有这些会对美国有任何好处吗？"咪咪问阿尔伯特。

"至少没有坏处。"他说。

"您想要什么圣诞节礼物呢？"伊莎贝拉问他。

"我在报纸上看到了那则新款微型收音机的广告。丽晶牌（Regency）TR-1型晶体管收音机。"

圣诞节前夜，咪咪和伊莎贝拉送给阿尔伯特一台丽晶牌TR-1型晶体管收音机。

阿尔伯特送给她们的是由他撰写的《思想和观点》（*Ideas and Opinions*）先行本。

阿尔伯特分别在两本书上题写道：

《思想和观点》封面

你们的理想主义和音乐创作照亮了我的人生道路，一次
又一次地给了我新的勇气去快乐地面对生活。我在你们身上
看到了真理、善良和美丽。如果没有和志同道合的人建立的
友谊，如果没有对艺术和科学研究领域那些遥不可及的目标
的专注，生活对我来说将是空虚的。你们让我想起了波提切
利（Botticelli）画的女神维纳斯从贝壳中诞生时所散发的
美丽。你们之所以美丽，是因为你们像维纳斯一样，并不知
道自己很美丽。

1955 年的新年，奥本海默博士终于答应了咪咪的访谈请求。
他和蔼地把她带进他在研究院的办公室。门口有个衣帽架，
上面挂了顶套叠式平顶帽。咪咪赞赏地瞥了一眼。

"这是我在洛斯阿拉莫斯时戴的。"奥本海默说。

他长得高高的，看起来清心寡欲，瘦得近乎虚弱，鼻子长长的，一双蓝色的眼睛显得生动明亮、严肃又富有洞察力。

他坐在书桌后面，一支接一支地抽烟，时不时地咬着指甲，头顶上方是一块大黑板，黑板上用粉笔写着错综复杂的方程式。

他不停地摆弄着他的蓝色衬衫领，突然，用他细长的手臂撑着从椅子上站起身来，在房间里拖着脚步快速地踱来踱去。

他关切地简略问了她之前发生的帆船事故，温和地问候爱因斯坦的健康状况。这让咪咪感到有点奇怪——他显然没给爱因斯坦打电话问一问。

她向他解释了她的高中课题。

"我可以问您一些问题吗？"

"你可以问我任何你想问的。"他带着颇有魅力的微笑对她说。

咪咪做好了记笔记的准备。

"您和爱因斯坦博士有什么共同点呢？"她开始了。

"首先，我们都是不守规矩的德系犹太人的孩子。"

"您还研究物理学吗？"

"现在不了。我主要是这所研究院的院长。当然，我会阅读期刊，追踪高能物理学和量子场论的发展现状。无知是恐惧的根源。"

"您像爱因斯坦博士那样是个局外人吗？"

"在一定程度上，你可以这么说。我们属于不同的时代，然而是的——我想我们在这方面是相同的。"

"你们两人第一次见面是在二十年前吗？"

"1932 年在加州理工——加利福尼亚理工学院。从我们成为研究院的同事到现在，我们只在过去的七八年里才建立起亲密的关系。他给了我很大的支持。"

奥本海默突然停下来，发出古怪的声音。这是他谈话时的怪癖："呢-呢-呢-呢"或者"嗯-嗯-嗯"。

"你知道最近我的安全调查被暂停的事情吗？"

"我知道一些。"

"去年，我被告知我的安全许可，也就是我使用秘密信息的权限——呢-呢-呢——被收回了，因为有人指控我的忠诚值得怀疑。于是，我行使权利要求进行适当的听证。唉，听证使我经历了三周残酷的准司法性问讯。他们质问我为什么反对发展氢弹的应急计划，以及我在 20 世纪 30 年代和 40 年代同共产党人的接触。当时，爱因斯坦博士还为我辩护发声。"

"他说他钦佩您不仅是一名科学家，还是一个伟大的人？"

"是的，他是这么说的。呢-呢-呢。我非常感谢他，我还能继续在这里做院长、写书、讲课。有时，听众们会在我的讲座中对我欢呼，你知道，表达他们的同情和对我遭遇的愤慨。"

尽管如此，我的舒适、我内心的宁静以及我的幸福也几乎被摧毁了。"

"爱因斯坦博士认为，舒适和幸福本身不是目的，这与叔本华（Schopenhauer）的观念是相似的。"

"我知道，他相信引导人类走向艺术和科学的最强烈的动机就是逃避日常生活中痛苦残忍的行为和绝望可怕的事情，挣脱人类自身不断变化的欲望所带来的束缚。对此，我也有同感。"

"但在过去的二十多年里，爱因斯坦博士已经脱离了理论物理学家的圈子，这种说法是真的吗？"

"也许这是真的。但对于世界而言，他仍然是个具有超凡魅力的榜样人物，因为他代表了伟大的科学家的形象，或许是有史以来最伟大的科学家的形象。"

"你们有什么不同呢，我是说，在性格特点方面？"

奥本海默黯然一笑："我不是西格蒙德·弗洛伊德。不过，既然你问了，那么我想应该有许多谜团包围着他。他一点也不世故，一点也不世俗。在英国，人们会说他没有什么'背景'；在美国，人们认为他没受过太多教育。他甚至不是一个很好的小提琴手。他不能轻松自如地与政治家和权贵们对话。而我却能做到，因为我相信要对心灵和身体有所约束。嗯–嗯–嗯。约束。是的。权威。约束。"

"也许您听从权威？"

"是的。"

"而爱因斯坦博士却不听从权威？"

奥本海默挤出一丝勉强的微笑。他又点燃了一支香烟："你可以这么说。"

"这就是您支持发明炸弹的原因吗？"

"我来告诉你吧。印度教经文《薄伽梵歌》中有一行诗，它强调了发明原子弹的必要性。毗湿奴试图说服印度王子履行他的职责。为了给王子留下深刻印象，毗湿奴露出了多条臂膀，然后他说：'现在，我变成了死神，万世的毁灭者。'不管怎样，我认为我们都想到了这一点。你一定要明白，是我选择了制造原子弹的地点。1945 年之前，有四千五百人在偏僻、高耸的平顶山上研发原子弹。所有的重大决定都是我做出的。这些决定也都是对的。"

"您当时担心吗？"

"担心什么？"奥本海默用他的小拇指把燃烧着的灰烬从香烟上弹掉。咪咪注意到，这个习惯已经导致他手上起了老茧。

她说："担心原子弹不起作用？"

"我担心的是，如果原子弹不起作用，接下来会发生什么。你要明白，原子弹必须得造出来。"

"这是真的吗？"

"很难说生活中什么是真的。偶尔也会有真相。但真相有时会以意想不到的方式发生。你看，真相和谎言有时会被混淆。然而，纯粹的科学和技术是相辅相成的。任何你认为有用的东西总有一天会变成某种小玩意。这才是真实。"

"爱因斯坦博士是个什么样的人——他最重要的品质是什么？"

奥本海默深深地吸了一口烟。"善良和非凡的创造力。"他说，"呢-呢-呢……智力上，他能够理解没有信号比光传播得更快意味着什么。还有他对物理学的杰出理解，以及广义相对论。他还发现了光会因重力而发生弯曲——"

他凝视着远方。

"只是和他在一起，就觉得很奇妙。他对人类怀有极大的善意。我该怎么说呢？我能看到他没有任何恶意。总而言之，就是梵文中所说的'ahinsa'——不伤害别人，没有恶意。这种纯粹很美好，不仅天真烂漫得像个孩子，也极其固执。基督徒们会说：'在至高之处荣耀归与神、在地上平安归与他所喜悦的人。'至于原子弹和质能方程式……嗯-嗯-嗯。他在写给罗斯福的信中谈到了原子能。我想，这与他对纳粹分子作恶感到痛苦有关，也和他不想伤害任何人有关。但是这封信不能说明什么。他不对后来发生的一切负责。不论是广岛，还是长崎。"

"每个人都认为他是有责任的。"

"也许他们是这样想的。"

"您有责任吗？"

"或许我是有责任的。呢-呢-呢。爱因斯坦知道他自己没有责任。他对原子武器的极端暴力不负任何责任。他曾发现了量子，这是基于他对没有信号比光传播得更快的深刻理解。直到现在，广义相对论也没有得到很好的证明。只是在过去的十年里，我们才充分赞扬爱因斯坦的发现，即光因重力而发生弯曲。"

"在整个历史长河里，他像谁呢？"

"《传道书》。"

"《传道书》？"

"是的。他是 20 世纪的《传道书》。希伯来《传道书》的收集者、老师、传道士。他总是愉快地告诉我们：'虚空的虚空，凡事都是虚空。'"

"那么您……作为原子弹之父，您为什么创造这个怪物呢？"

"因为当你看到一些技术上很美妙的东西时，你就会着手去研究它；而当你已经取得了技术上的成功时，你就会讨论该如何使用它。这就是当时研制原子弹的情形。"

"那为什么要轰炸长崎呢？"

"直到今天，我仍然不明白为什么要轰炸长崎。哦，是的，我知道现在有人确实认为，即使在广岛遭轰炸后，日本是时候投降了，仍有狂热者拒绝投降。当时的统计数据让人难以置信。没有人确切地知道伤亡人数。我听说有 140,000 人死于广岛，

100,000 人受重伤，74,000 人死于长崎，75,000 人受烧伤和伽玛射线辐射。伤害已经深入骨髓。人的皮肤和骨骼之间的一切东西都在瞬间被摧毁了。你知道烧焦的人肉闻起来是什么味道吗？"

咪咪看着奥本海默又点燃了一支香烟。

他说："我听说，有人真的认为，轰炸长崎造成大规模毁灭，以及屠杀男人、妇女和儿童，可能是为了让苏联人感到惊恐，这是冷战的姿态。那么，为什么不去问问在普林斯顿的大街上玩耍的孩子们呢？"

"您觉得他们真能理解究竟发生了什么吗？"

"他们为什么不理解呢？现在已经有孩子能够解决我的一些顶级物理学难题了。你知道为什么吗？"

"为什么呢。"

"因为他们知道我早已忘记的事情。很久以前就忘了。"

二月份，咪咪约库尔特·哥德尔见面。

他们约在 2 月 3 日星期四，那是新泽西那一年中最冷的一天，最低温达到 1.4 华氏度。

约在阿尔伯特在研究院的办公室会面是哥德尔的想法。

办公室的黑板上写满了方程式。书籍堆放在架子上，没有特定的顺序。爱因斯坦的椅子摆在书桌一侧。

这是一次奇怪的经历。咪咪正值青春年少，她穿了一件带有宽绵羊皮领的及踝开士米外套和一双圆头方跟、毛皮镶边的雪地靴。她的对面站着骨瘦如柴的哥德尔，两人彼此对立着。

哥德尔脱下围巾和大衣。

"爱因斯坦理解作为一个整体的宇宙，"他透过他的圆眼镜凝视着咪咪，"他有一套包罗万物的法则。他离上帝很近。他通过思考来理解一切。思考。思考。我听他说过一千次：'我要想一想。'我是个由数字、抽象和形状构成的生命，并不存在于这个所谓的真实世界里。你来想一个数字。它是几？"

"十。"

"十个什么？"

"我的十根手指。"

"你可以看到你的十根手指，却看不到十。你看不到几何学的形状。比方说，你看到一张画有三角形的图片，但它又不是三角形。数字十和三角形都不存在于这个地球上。它们存在于你的头脑中。再想想时间。好好想想。"

"我在认真思考。"

"很好。你明白了吗？它不存在的。"

咪咪感受到哥德尔的思维有点恍惚。突然他问："你和奥本海默谈过了？"

"是的。"

"你觉得他怎么样呢？"

"他很冷漠，与人保持着距离。但很有礼貌。"

"他过于关注华盛顿的政治。他已经精疲力竭了。爱因斯坦不是这样的。歌德为席勒的《钟声》写的后记中有几句话或许可以形容爱因斯坦：'这些思想是他自己独特的创造；/ 他闪闪发光，像一颗明亮的流星划过，/ 混合着他自己永恒的光芒。'我为他担心。到 3 月 14 日，他就七十六岁了，这非常了不起。但是他太虚弱了。他正变得越来越弱——"

哥德尔像个几乎失明的人，在爱因斯坦的办公室里四处张望，他的双臂像一只瘦弱的小鸟的翅膀，在用力地胡乱挥舞着。

"他再也见不到这个地方了。这个地方再也见不到他的身影了。'你怀疑星星只是火焰。/ 怀疑太阳确实在移动。/ 怀疑真理是个骗人的东西。/ 但永远不要怀疑我爱你。'"

哥德尔绝望地靠在墙上："我将如何继续我的生活……你呢？你的梦想是什么？"

"我曾经有个梦想，"咪咪说，"梦想和我的妹妹一起去伦敦学习音乐。到皇家音乐学院。但是我们家没有那么多钱来支付学费和其他开销。所以，这个梦想破灭了。"

"听你这么说，我很难过。"哥德尔说，"勇敢一点。万能的上帝会提供机会的。"

"但愿我也能这样想。"

"我对语言思考得越多，"哥德尔说，"对人们之间缺乏理解就越感到惊奇。但是永远不要放弃希望——你觉得冷吗？"

"是的。"

"我们都感觉到冷了。唉，'乖戾的年纪和青春不能共存——'你知道这是谁写的吗？"

"我猜是莎士比亚。"

"其实是无名氏写的。"哥德尔说，"'青春充满了欢愉，/ 年老充满了关怀；/ 青春像夏季的早晨，/ 年老像冬日的天气；/ 青春如夏天般勇敢，/ 年老如冬天般裸露。'"

他朝咪咪笑了笑："相信神秘的力量，相信魔力。记住歌德的话：'魔力就是相信你自己，如果你能对自己有信心，你就能让任何事情发生。'阿尔伯特说得对：'我们所能体验到的最美好的东西就是神秘的力量。它是所有真正艺术和科学的源头。'不要忘了这点。"

三月中旬，杜卡斯女士打电话到咪咪和伊莎贝拉的住处。

"爱因斯坦博士请你们去看看他。"她说。她的声音听起来忧心如焚。"他想让你们两人为他演奏莫扎特的《e小调小提琴奏鸣曲 K.304》。库尔特·哥德尔也要来。"

咪咪和伊莎贝拉来到莫塞尔大街，发现杜卡斯女士比她在电话里听起来更欢快。

阿尔伯特见到她们很高兴。

"看，"他说，"有个英国人，一位普林斯顿大学的物理学家，他送给我这个作为我七十六岁的生日礼物。"

这是一个由五英尺高的长杆组成的奇怪装置。一个小塑料球附着在一端，有根管子穿透其中。管子的另一端是一个小圆球。

"这个模型证明了等效性原理。圆球上的绳子与弹簧相连。弹簧把圆球拽来拽去。看，它不能克服重力对圆球的作用。"

阿尔伯特向上推动长杆，塑料球就几乎碰到天花板了。

"当我让它下落时，就不存在重力了。现在圆球要进到管子里了。看！"

他把这个装置降落在地板上，而圆球正嵌在管子里。

他哈哈大笑，其他人也跟着大笑起来。"你们还记得……我对你们讲过，大概是七十年前，我父亲送给我一个磁罗盘。我把后来的一切成就都归功于这个罗盘。"

"无论您怎样扭转它，"咪咪说，"想让箭头指示新的方向，指针总会转回来指向磁北极的方向。这证明了万物背后存在某种东西，某种隐藏在宇宙中的东西。"

"是的，是的。'出来吧。'我会小声地说，"阿尔伯特说，"'你躲在哪里呢？'"

咪咪和伊莎贝拉看着他，眼睛里充满了爱意。

她们以前就听说过这个罗盘的故事。当然，咪咪已经记住了。

此刻，她们有种强烈的喜悦感。在咪咪的小提琴盒里放着她们为阿尔伯特买的一份特殊的礼物。

她们打算在弹完莫扎特的曲子后把礼物送给他。

"现在，"阿尔伯特说，"我们去听莫扎特了——"

"咪咪，伊莎贝拉，你们帮忙扶我下楼。杜卡斯女士，哥德尔在哪里？"

"他还在路上。"杜卡斯女士说。

咪咪和伊莎贝拉扶着他的胳膊，帮他成功走到楼下的音乐室里。

杜卡斯女士为哥德尔开了门。

"啊，库尔特，"阿尔伯特说，"我的细长腿半神[⑩]。亚里士多德以来最伟大的逻辑学家。"

哥德尔皱着眉头："你不能证明这一点。"

"我刚刚口述了一封留给子孙后代的信。"阿尔伯特说，"约翰娜，请读给我们听吧。"

凡托娃匆匆翻阅了她的速记本，大声读出这封信的内容："亲爱的子孙后代，如果你们还没有变得比我们现在（或者说过去）更公正、更和平、更理性，那么就请你们见鬼去吧！我怀着无比

[⑩] 编注：爱因斯坦曾评价所就职的普林斯顿大学说它像"有许多两腿细长的精灵举行令人发噱的庆典仪式的穷乡僻壤"（译文出自《没有时间的世界》——*A world Without Time* 的台版中译本）。文中该说法或许来源于此。

尊敬的心情，许下这个虔诚的愿望。我是（或者说曾经是）爱你们的，阿尔伯特·爱因斯坦。"

在音乐室里，咪咪和伊莎贝拉演奏了莫扎特的《e小调小提琴奏鸣曲 K.304》。

阿尔伯特大声喊道："好极了，好极了，好极了。"

"谢谢您。"咪咪说，"我们有一个小小的惊喜送给您。"

"咪咪和伊莎贝拉，"阿尔伯特说，"在你们两个再给我惊喜之前……请不要这样。在我们享有忠诚友谊的全部时间里，你们两个从来都没有叫过我一次阿尔伯特。叫我阿尔伯特吧。"

姐妹俩微笑着看着他的眼睛，阿尔伯特也微笑着看着她们的眼睛。

她们一起拿出一个用缎带绑着的小包裹。

"献给最亲爱的阿尔伯特。"咪咪说，"这是由英国的格雷泽父子公司（J.M. Glauser & Sons）生产的。"

"这个，"伊莎贝拉说，"是第四代，能够在液体涌上来之前吸收双层盒里的气泡。"

"它是来自英国的气泡制造机吗？"阿尔伯特问道。

姐妹们笑了。

咪咪告诉他："1922年，他们曾为珠穆朗玛峰探险队提供过类似的东西。"

"1924年又有一次，"伊莎贝拉补充道，"不过，现在这个更现代。"

阿尔伯特打开包裹，里面是一个崭新的格雷泽第四代棱镜罗盘。

"我要把这个美丽的东西叫作'咪咪和伊莎贝拉'。"

四月初，杜卡斯女士打来电话。

她家里出了状况，她不得不离开莫塞尔大街在曼哈顿过夜。约翰娜·凡托娃也不在城里。所以，她问咪咪和伊莎贝拉能否照看爱因斯坦博士二十四小时，她们欣然接受了。

她们为他做了意大利宽面条，并按他的要求配上了橄榄油。

后来，她们把他抱到床上，轻轻地把他的头放在枕头上。

她们一起在他的床边守夜。只有老爷钟每小时的报时声和阿尔伯特偶尔的叹息声打破宁静。

阿尔伯特的医生们发现他患上了由腹主动脉瘤引起的内出血。

医生们说手术或许能够修复主动脉。

"我想走的时候，我就走了，"阿尔伯特对他们说，"人为地延长寿命没什么滋味。我已经完成了我的任务，现在该走了。我会优雅地离去。"

《纽约时报》头版

1955 年 4 月 18 日凌晨 1 点 15 分，阿尔伯特在普林斯顿医院去世，享年七十六岁。

阿尔伯特·爱因斯坦照片合集

艾森豪威尔总统说："没有其他人像他这样，对 20 世纪的知识大爆炸做出如此巨大的贡献。然而，也没有其他人像他这样，对拥有知识的力量表现得如此谦虚，以及如此确信没有智慧的力量是致命的。对于所有生活在核时代的人来说，阿尔伯特·爱因斯坦例证了个人在自由社会里所能拥有的巨大创造力。"

对咪咪和伊莎贝拉来说，在新泽西州蒲福公园度过的这个春天，是如此凄美。

她们发现自己几乎无法忍受阿尔伯特的离世。

她们把他在报纸和杂志上的照片都钉在卧室的墙上。

伊莎贝拉不停地练习莫扎特的曲子。

咪咪通过撰写阿尔伯特·爱因斯坦博士的事迹以及尽可能多地阅读他的作品来打发时间。

她买了一台史密斯-科罗纳 Skyriter 超便携式打字机，用留声机长时间地播放"史密斯-科罗纳 10 天触摸打字课程"学习打字。后来，伊莎贝拉也听了课程，并帮助咪咪打字。

她们希望能把这些文稿拿给其中的主题人物爱因斯坦看，但这已经不可能了。

与此同时，姐妹们的前途也显得黯淡无望。

她们已经意识到，现在没有充足的资金来满足皇家音乐学院在学费、路费和住宿费上的要求。

她们垂头丧气地回到蒲福公园，面临着不确定的未来。

6月22日，星期三，姐妹两人收到了邮递员送来的一个信封——库尔特·哥德尔邀请她们陪他去看电影。哥德尔选的电影是沃尔特·迪士尼的《小姐与流氓》。

除了哥德尔的邀请函，还有一封写给她们的信，上面标着"<u>私人和机密</u>"。

寄给：咪咪·蒲福小姐和伊莎贝拉·蒲福小姐

来自：奥托·内森博士，律师

遗嘱执行：阿尔伯特·爱因斯坦博士的遗产

共同执行人：海伦·杜卡斯小姐

关于阿尔伯特·爱因斯坦博士的遗产问题

我奉命通知你们，新泽西州普林斯顿市已故的阿尔伯特·爱因斯坦博士希望，经济因素在任何情况下都不会妨碍你们到英国伦敦市马里波恩路的皇家音乐学院求学。

敝公司得到指示，要全额支付你们的学费以及必要的路费和住宿费。爱因斯坦博士希望你们知道，用他自己的话说是：

"我祝福你们在今后的生活中万事如意。愿上帝保佑你们。我希望我也能在宇宙的某个地方保佑着你们。我会尽自己最大的努力。"

后面附着一张黑白照片。

阿尔伯特·爱因斯坦

照片上写着：

赠予咪咪·蒲福和伊莎贝拉·蒲福

我是阿尔伯特·爱因斯坦